川上郁子

# 牧師の涙

## あれから六十五年　老いた被爆者

長崎文献社

▲被爆直前に撮った川上家の家族写真。中央が川上宗薫、
その左が筆者の夫理郎。右端が父平三、左端が母操

▼現在の爆心地公園に設置されている被爆当時の住宅地図。
○内が川上家。川上家の跡は現在、平和公園の階段に

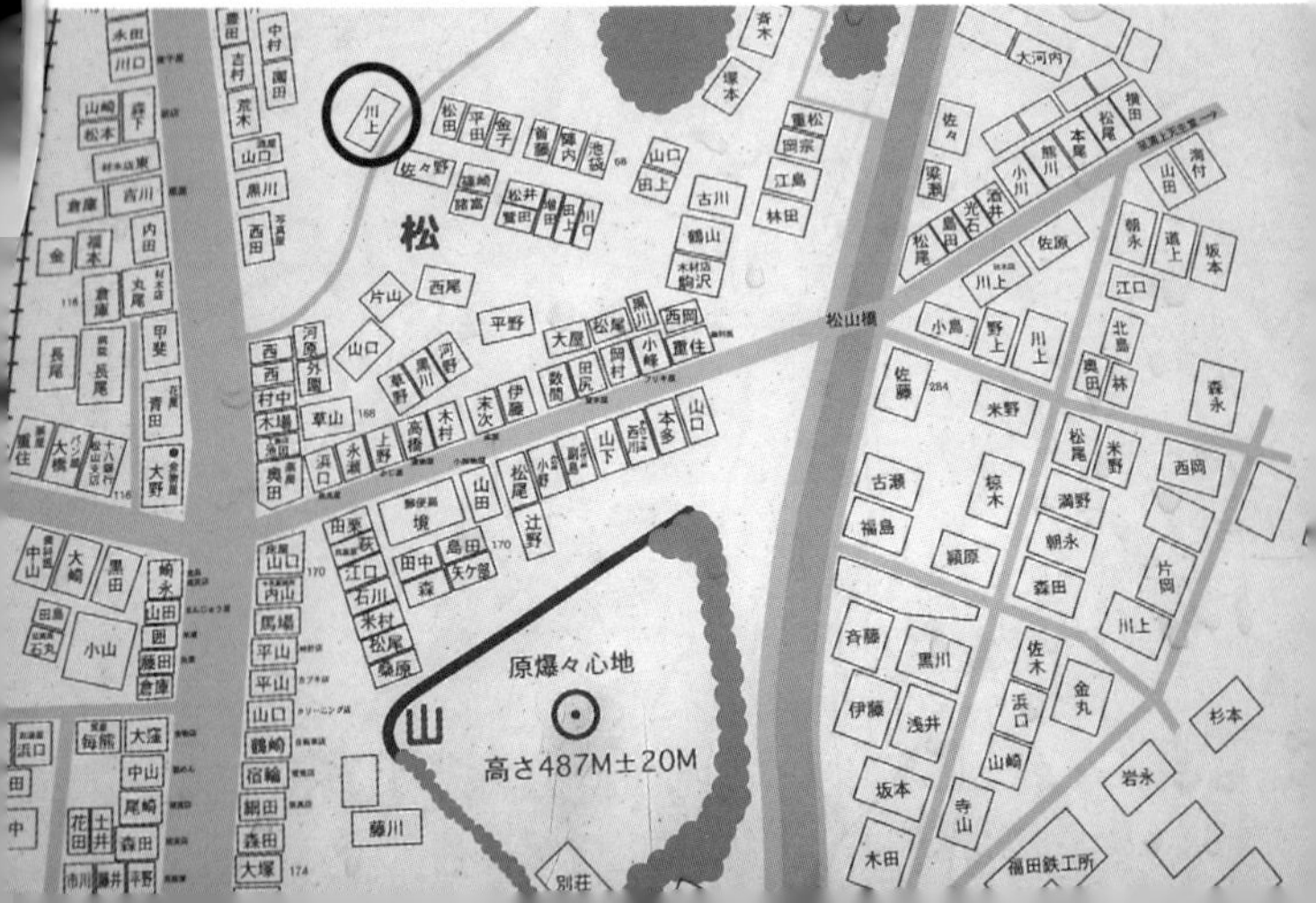

# 牧師の涙　あれから六十五年　老いた被爆者

目次



表紙画・挿絵：木村瞳子

# 骨に抱かれて抱いて

The flowers that are smiling today,
tomorrow will fade away.

# 骨に抱かれて抱いて

いまから十年前、夫が七十四歳で、この現世に別れを告げて、霊界に向かって旅立つ十日前のことだった。

前夜の吐血のことで、夫はその朝は四年前から入退院を何度となく繰り返している病院に行って、肺ガンの専門医の診察を受けることになっていた。

「みどりは頭の良い子だったたんだよな」

ベッドから起き上がりしなに、両足をまだ床につけないうちに、唐突に、ポツンと、ボソッと私の顔を見ないで口を開いた。

「なあに」

私はキョトンとして夫の顔を見た。

朝、顔を合わせると、どちらからともなく「おはよ」とまずは挨拶をして、互いの顔色を見て互いの元気を確認するのが我が家の習わしであったのに。この長年の習慣を破って、突拍子もなく「みどり」のことを話すとは、夫には一晩のうちに、いったいどんな心境の変化が起こったのだろうか。いったい、夫は何に突き動かされて、五十四年も前に長崎市に投下された原子爆弾で即死した妹みどりについて話すのだろうか。

その日の朝の十二月六日は前年よりも厳しい寒い朝であった。地球温暖化ではなく、地球寒冷化ではないかと疑問を挟みたくなるほどの寒さであった。石油ストーブとエアコンの両方で部屋を暖めていたが、十六畳のリビングルームは――夫のベッドや仏壇も置いてあるが――快適な温度とは言えないものであった。

夫は両足を床につけるのを止めて、電気毛布に下半身をくるんでいた。私がさしだしたお茶を、両手で茶碗を抱きこむようにしてすすり飲んだ。

「パパ、みどりちゃんのことは、病院から帰ってからよかやかね。今朝は何はさておいても病院に行かんばね。ゆうべ飲んだ塩水が効《き》いたとかナ、吐血はいまは止まっとるごたっばってん、顔には血の気はなかよ」

私はこれらの言葉をほとんど聞きとれないような、しゃがれ声をふりしぼって、必死になって夫につたえた。数日前からの風邪と咳、塾の経営をひとりで切り回すのに疲れ、夫の病状の心配で、私は精神的にも肉体的にも疲労困憊《こんぱい》し、それもピークに達していて声は普通に出ない状態になっていた。

前夜の入浴中の吐血で、タイルの上をゆっくりと広がり流れる自分の鮮血に、夫は自分の命は本当に短く限られていることをしっかと自覚したのだ。自分の間近に迫った死を悟った夫は、自分の精神的な動揺を顔にも、言葉にも全然出すことはなかった。四年間のガン闘病生活を通して、自分なりに死に対する覚悟ができていたのだろう。

「パパ、早よう、病院に行こうよ」

私の苛立ちの気持とは無関係に、夫は私とゆっくりと話したい様子であった。七十歳の私をひとり残して、夫は絶対に死ぬことはないと私は盲目的に信じていたが、家で夫と会話したのはこの日が最後となったのだった。その日、専門医の診察後、夫は即入院となった。そして、十日後には夫は柩の中に入って帰宅したのだった。

〝みどり〟は父平三や兄宗薫《むねしげ》に似て、つぶらな瞳をもった可愛いい顔立ちで、聡明な頭脳の持ち主だったことは舅《しゅうと》の平三から二度か三度聞いたことがあった。小児麻痺の後遺症で右足を少し引き摺《ず》って歩く年齢差のある妹みどりを、宗薫も理郎《みちお》も溺愛と言っても良いほど可愛いがった。

しかし、理由は分からないが、妹みどりのことを含めて、自分の少年時代のこと、原子爆弾投下前後の家族のことを、みずから進んで、積極的に私に話したことは一度もなかった。なのに、なのに、この切羽詰《せっぱ》まったときに、一刻も早く病院に行くことが先決問題なのに、なぜ原爆死した妹みどりのことを朝起きるとすぐに、いきなり話し出したのか。

昔の、原子爆弾で破壊される前の家族のこと――兄宗薫とともに少年の心で、成人後も心の片隅で愛しつづけた母のこと、二人の妹のこと――何かその家族についての強烈な夢でもみたのだろうか。

「みどりがオフクロの右手に、かおるが左手に骨になっているオフクロに抱かれて、みどりもかおるも骨になっていたんだよ」

なんと恐ろしいことを。なんと凄惨なシーンを。私は耳を疑った。

四年半前の膀胱ガン、二年半前の肺ガン。その都度、腕の良い外科医の手術で夫はなんとか命を繋《つな》いできた。いまや他の臓器にも転移し、手の施しようがないことを、私は夫の主治医から告げられていた。ガンはひょっとして、ついに脳まで進行しているのではないかという恐怖に怯えながら、夫の正気を確かめようと、私は夫の顔を上目遣いにそっと見つめた。

「ギョッ、ギョッ、パパ、オソロシカ、ビックリヨ、ユックリヨ」

前夜の吐血で青ざめた顔色の夫の口から骨の話は何か不吉なものを予感させ、それ以上聞きたくないと思った。

夫が初めて口にした母と妹二人の骨の様《さま》は、原子爆弾投下後の翌日の十日に、平三が妻子の安否を求めて、やっとたどりついた松山町のこと。

いくら原子爆弾の中心地とはいえ、うわさどおり、見るも無惨な、無意識に目を覆ってしまう凄惨な荒野。家もない。塀もない。道もない。すべて吹き飛ばされ、破壊され、焼き尽くされ、人間が昨日まで、この町に存在したことを証明するものといえば、ところどころに散るバラバラの人骨。その状況の中、自宅跡と思えるところで妻子三人の骨を発見したときの様子そのままであった。

昭和二十年八月九日に長崎市に投下された原子爆弾はたった一発でありながら、誰もそれまで経験したことのない、想像を絶するほどの、怖く、強烈で、広範囲な破壊力、残忍な生命の殺戮《さつりく》力で、長崎市民、とくに西北部の長崎市民に大惨事、大悲劇をもたらした。

私も被爆者のひとりだ。夫の母と妹二人の骨物語に、私は最初はとても驚いたが、「そうだ。そうだ。そうだった」と次第に頷《うなず》けてきた。遥《はる》か昔の記憶が甦《よみがえ》ってきた。

私は女学校四年生のとき、動員されて、大橋町の三菱兵器製作所で、製図された魚雷のトレースの仕事をして、原爆投下の一ヵ月前まで働いた。その後、飽《あく》の浦《うら》町にある三菱造船所の鋳物《いもの》工場で原子爆弾を体験した。

あの忌まわしい昭和二十年八月九日の十一時二分に、鋳物工場の、ガラス風の天井にピカッと七色の虹と思える物凄い閃《せん》光が一面に走った。ちょうど、私たち動員女学生の仕事場を通りかかっていた鋳物工場の現場係長が、「おや、電気の故障かな?」と、もともと丸い目をさらに大きく丸めて、天井を見あげた途端に、天と地がひっくりかえるような「ドーン」という音が地響をたてた。鋳物の材料粉や何かが天井まで舞いあがって、空気が曇った。我々動員女学生は慌てて大きな仕事台の下に潜った。

「ピカッ、ドン」の正体は何が何やら、皆目理解出来なかった。

八日前の八月一日に、我々が避難していた防空壕の近くに落ちた爆弾の爆風で、私が被っていた防空頭巾が壕の奥まで吹き飛ばされたあの爆弾とは何か違うぞ。大変な事態が起きたんだ、ということは体全体で感じた。

仕事台の下で、ただひたすら、「無事でありますように」と祈った。不気味な静寂、無音状態がしばらく続いた。臆病な亀が甲羅から少しずつ、そっと首を出して辺《あたり》を窺《うかが》うように、我々動員女学生も、仕事台の下から、ひとり、またひとりと首を出して、舞いあがった粉塵で黒く汚れた顔を互いに見あわせた。

「ああ、恐ろしかったね。あら、おうちの鼻の横、まっ黒やかね。ばってん、誰も怪我しとらんよね」

我々は互いに安堵の胸を撫でおろした。我々が働いていた鋳物工場は外郭《がいかく》の鉄骨の構造ががっちりしていたのか、その下敷きになるような犠牲者は出なかった。この工場よりもより爆心地に近い工場で働いていた人たちのなかには、もちろん、動員女学生たちも含まれるが、工員社員のほうが多く、鉄骨の下敷きとなり身動きが出来ぬまま、焔《ほのお》に包まれ、命を落としたと聞いている。私たち鋳物工場で被爆した動員女学生はその日に限り、原子爆弾による外面的な負傷者は出なかった。

私がその日に限りと書くのは、その後、被爆によると思われるさまざまな後遺症に苦しんだ知人たちがいたからだ。私も被爆後の翌年、五、六年後、十年後、原因不明の高熱に脅かされた。歯茎《はぐき》全体からの出血、少量の脱毛、視力低下など、体に異変が起きた。が、診察した医師はただ首を傾《かし》げ、原因不明熱と診断されたこともあったことを思い出したからである。

とにかく、鋳物工場の中は「ドン」という轟《ごう》音とともに、さまざまな道具類があちこちに散乱した。そのため通路が塞がれて歩くのに苦労した。

（やっぱり、今日のピカッドン爆弾は、なんかおかしか。とても恐《こわ》か、底おそろしか）

と思ったが、恐怖心でいっぱいの私はそれを口に出す元気はなかった。一刻も早く家に帰りたかった。動物的帰巣《きそう》本能だろうか。

工場がある飽の浦町から対岸の大波止までの所要時間十分の連絡船が、不思議なことに運行されていた。途中沈むこともなく、大波止で下船したときの嬉しさ。九死に一生を得た感であった。

ほっと安堵の胸を撫で下ろしたのもつかの間。その朝、飽の浦行きの連絡船に乗船したときの大波止とは様子が一変していた。野菜の葉が覗いている竹製の手提げ籠を下げたオバサン、大きな風呂敷包みを苦もなく背負っている元気なオバサンたちが見えない。一種ののどかな風景が消えていた。

空襲警報が出ていて、近くの防空壕は地元の人でいっぱい。我々よそ者を入れてくれる余地はない。電車通りまで歩くと、破壊された木造家屋やコンクリートの瓦礫《がれき》のあいだを、割れた額からの血を汚れた手拭いで止め、髪はチリチリに焼け焦げた人。どこに眉毛があるのか、目はどこにあるのか判別しがたいほどに顔は黒く汚れ、腕の皮が剥《は》がれ、そこから流れている血には無頓着で、無表情。焦点が定まらない虚《うつ》ろな目をただ前方に向け、自分の意志ではなく、何かに憑《つ》かれたように歩きつづける、口は開いたままの放心状態の男。

私がその男に心を奪われているとき、怪我が比較的軽いと思われる三十代ぐらいの女性が、その肩で支え歩いている同年齢ほどの女の人を激励しているのが聞こえた。

「ホラッ、しっかりせんね、シャンとせんね。赤迫《あかさこ》のトンネル工場の前で、爆風で吹き飛ばされて倒れとんなった女学生さんのごたっ人が、自分の額に垂れ下がっとった脳のごたっもんば、自分の手で頭ん中にもどして、立ち上がんなったよね。あんなんの怪我に比べればあんたの右足の傷は屁のごたっもんやかね。がんばらんね」

怪我も怪我。大怪我《おお》だ。爆風で飛び出した脳を自分の手で元にもどすなんて、何と強固な気性の持ち主だろう。あのピカッドン爆弾で人間の身にも心にも異状をきたしたのだ。生きようとする若い力が土壇場になって想像を越える行動をとらせたのだ。

後日談としてだが、この頭部に重傷を負った女子学徒動員生は私の姉と同じ英文科生で、終戦後、学校に復帰したあと、試験中、前夜、しっかり勉強し、暗記したことが全然思い出せない状態に苦しんだそうだ。

この日、私の側《そば》で、刻々と移り変わる、常識では考えられない、ピカッドン爆弾によるあまりにも非情で、悲惨で、痛ましい周囲の状況に、十五歳の私の脳は一時的であれ、完全に破壊されてしまったのか、大波止から寺町まで、どこをどう歩いたのか、この間の記憶は未だにもどらず、空白のままである。

寺町が終わり、八幡町の二メートルを切る幅の狭い、短い坂と接する地点で、四本の足を絡《から》めるようにして、よろめきながら、坂を登ってくる二人の女性とすれ違って、やっと私の記憶が目覚めた。

二人とも髪は赤黒く焼けちぢれ、顔は丸く黒く腫れ、パーンと膨れた唇の端から血を流している。二人とも、モンぺは焼け焦げ、千切れ、かろうじて原形を留めているその破れモンぺから剥き出しになっている、怪我をした傷口のまわりにどす黒く凝固した血がついている膝や臑《すね》を頼りに、互いに助け合って歩いているのを見て、五里霧中の感から、私はハッと我にかえった。雲上から急降下して、私は大地に両足を踏ん張った。

その日の十一時一分までと百八十度変化してしまった、目の前の現実を直視せざるを得なかった。今日のできごとはすべて悪夢ではないのだ。長崎は実に大変なことになっているのだ。

私は家に向かって歩く速度を早めた。西山町は原爆中心地からも山をひとつ越えたところにあるのに、やっとの思いでたどりついた我が家は、古いせいもあるが二階の屋根がすっかり吹き飛ばされて、直接部屋が見えていた。玄関のガラス戸も、もちろん、割れて、木の枠だけが残っていた。でも家だ。我が家だ。一階の居間にへたへたと坐りこんだ。

母は田舎に食糧の買い出しで留守だった。

「ああ、きつかった。おそろしかった」

茶棚などが倒れて、ゴチャゴチャの板張りだが、私は両足を投げだした。

「ああ、生きてるんだ」

姉が入れてくれた熱い麦茶がおいしかった。

「ああ、我が家はいい」

そのとき、ガタガタと玄関を開けて、一人の少年が倒れこんできた。母の親類の五島からの動員中学生であった。縁者といっても、数年前、一度会ったきりで、名前をやっと太郎だと思い出せたほどの浅い付き合いであった。姉も私も少々どころでなく驚き、まごついた。

頭からの血が額で固まり、焼け焦げた国防色のシャツから上半身がほとんどまるだしで、背中は大火傷で血が流れていた。異様な臭いがした。血と汗と男の体臭が入り混じって、とても臭かった。重傷であろうが、とにかく、風呂場で血と汗と汚れを洗い落としてもらうことにした。頭の傷も背中の火傷も、まず、水で洗い流してもらい、神棚に供えていた古い酒に水を少量加えて、アルコール消毒をした。

これは、そのとき我が家で、私たち二人にできた最良の消毒法であった。

が、この消毒法には相当の痛みを伴ったことは事実だった。ヒリヒリ、ピリピリ、ズキズキ。二人のガールズの前で、泣くわけにはいかない。この十七歳の中学生は必死に痛みを我慢していた。

「日本男児だもんね」

近所には医者もおらず、家には何の常備薬もなかった。薬草の知識もない我々であったが姉の発案で、ツワの葉を軽く焼いて、手でちょっと揉《も》んで、それをすっぽり太郎少年の頭にかぶせた。背中の火傷にはキジン草を手で軽く揉み、何枚も張りつけた。剥がれた皮の下から緑、黄、青色をした肉が見えていた。人間の肉の色がこのような三色をしているはずがない。でもたしかにこの太郎少年の背中の火傷の下の肉の色は普通の肉の色に緑、黄、青色を呈していた。不謹慎なことだが美しいとも感じた。おそらく傷に微菌が付着して、化膿し、腐り始めていたのだろう。この色は不思議なことにいまも私の脳裏に焼きついて離れない。

同居していた私たちの従兄の下着と浴衣を借用して、こざっぱりとした太郎少年はしっかりとした口調で、私たちに礼を言いだした。

「親戚とは名ばかりで、一回しか会ったことがなか僕を、こんげん手厚く、親切に助けてくださってありがとうございます。いまは身も心もさっぱりしてます」

ツワの葉を頭にかぶったままで、鹿爪らしく挨拶する様子は滑稽でもあった。

塩だけで味をつけた、茶色をした大豆糟《かす》と家の近くの空き地で収穫したさつま芋入りの粥を、小さめのどんぶりに入れて姉が差し出した。米粒が多少なりとも入っているだけで、御馳走であった。

「どうぞ、お粥です。食べてください」

「はい、いただきます」

これだけの傷を負いながら、若さと、昼食を食べていなかったせいか、太郎少年はどんぶりを空《から》にした。こんなに食欲があるのだから、この太郎少年は、ひょっとしたら助かるかも知れないと私は思った。

「おごちそうさま、おいしかったです」

入浴、薬草治療、食事のお礼を言ったあと、太郎少年は薄い毛布に横になったまま、その日の長崎市の十一時二分以降のできごとを話しはじめた。


「ああ、もうチョイで昼めしか」

額の汗を拭きながら、空を見あげた途端に、あたり一面がピカッと、強烈な太陽光線のようなものに包まれ、つづいて物凄い轟音とともに、太郎少年が五島からの中学校動員生として働いていた幸町工場は建物もろとも、何もかもふっ飛び崩れた。鉄骨もぐにゃっと倒れ落ち、製作中の兵器らしきものの鉄片も飛びかい、ゴーと音たてて燃えあがった。

「僕も落ちてきた、こまか鉄片で頭ば怪我したとです。倒れかかってきた鉄骨から、やっとのことで足ば引っ張りだして外に出たとです。背中はいつ火傷したとかわからんです」

太郎少年の顔は蒼く、黒く、唇も血の気《け》はなかった、が、話をつづけた。

「工場の外も、頭や顔から血を流し、手や肩や背中も火傷しとった人がいっぱいやったです。上着も焼けてほとんど裸のごたっ人もおったです。電車は線路の上で焼けて、止まっとったです。その線路のむこう側の寺の高か石垣の下のほうには、体のあちこちから血を出していて、足ばやられとっとか歩ききらんで蹲《うずくま》っとる人が十人ぐらいおったかな、いや、もっとおったかもしれません。いちばん、ギョッとしたとは、そこの石垣に爆風で叩きつけられてそのまんま死んどった人ば見たときです。女の人と思ったです。破れたモンぺば着となったけん。背中はまっ黒に焼けとっなったです」

「へえ、かわいそかね。なんちいう爆弾やろか。いままで、ピカっと光る爆弾のこと、聞いたこともなかもんね」

姉は恐怖と怒りで声を震わせて言った。

「怪我と照りつける真夏の太陽熱で、すっかり弱りきって、起きあがれず、歩けず、『助けて』とも声を出せん人々に、苦しかうなり声ばあげとっ人々に、僕は助けの手を差しのべることができませんでした」

「そりゃあそうさ。誰《だい》でんそうじゃなか。自分がまっ先に助かりたかもんね。『蜘蛛《くも》の糸』と同じよ」

私は低く答えた。

「僕は安全かと思われる山のほうへ歩いていく人たちの後ばついて歩いて、山越えばして、この西山の家に着いたとです」

私はこの太郎少年の若く、純粋な心、そしてその告白に心を打たれた。

「地獄絵図って、こんげんもんばいね、と僕はあのとき思いました。そして、この地獄絵図ば作り出したのは、いったい誰だろうか。いったい何のためだろうか。僕は僕なりに考えました。目的を達成するためには手段を選ばずか。

人間って恐ろしか動物だ。こげんすごか爆弾を作りだすすばらしい頭脳を持っているのも人間、そして、こげん破壊力のある残酷な爆弾ば使うて、殺人行為をすっとも人間。僕もその人間のひとり。人間は生きるか、死ぬかの土壇場になったら、何ばしでかすかわからん」

ほんの十七歳の少年なのに驚くほどしっかりした、穿《うが》った意見を持っていることに私は敬服した。この少年は故郷に帰って、一時的に健康になったが、その後、原因不明の病気で他界したと聞いている。

戦後半世紀以上が経過して、戦争のない、平和で、平穏な日本の社会で生活することに慣れ、その度合に多少の差はあれ、いちおう、豊かな生活にどっぷりと漬かった生活が普通で、当たり前という今日の戦争を体験してない人には、原子爆弾が投下された直後、火の海と化した工場から、命からがら脱出し、やっと西山町の我が家に助けを求めて飛び込んできたこの太郎少年の体験話は、すぐには信じがたいものであろうし、また、夫が語る母と妹二人の骨物語は現実離れが甚《はなは》だしくて、何とも物騒で、サスペンスドラマの殺人事件のワンシーンかなと首をかしげるかもしれない。

私が太郎少年の追憶をめぐらせているあいだに、夫はベッドから降りるのを止めていた。寒さが厳しい十二月になってから習慣になっていたが、夫はベッドでお粥とみそ汁の軽い朝食をすませた。

その日病院に行ったら最後、入院、そして生きて家に帰れぬことを前夜の吐血で自覚していたのか、夫は病院に行くよりも、私ともっと、母と二人の妹たちの骨物語をつづけたいようだった。

五十数年前にプロのカメラマンに撮影してもらった、色が褪せ、赤茶けた、自分の少年時代の家族写真に、夫は目を移していた。

「我が愛する家族」と夫の直筆で書いてあるほど、夫が愛した昔の家族写真である。その写真の中の、五十年前に原子爆弾の直撃を受けて即死した母を、これまでに私に見せたことのない、一途《いちず》な少年の顔で、見つめつづけていた。

「パパ、ゆうべ、お母さん(操《みさお》)や、みどりちゃんや、かおるちゃんの昔の夢ばみたでしょ」

「うん、みた」

「そうやろね。そうせんばおかしかもん。いままで話したこともなか、お母さんたちの話ば急にしだすとやもん。びっくりした」

「うん……」

夫は静かに答えた。

「ミチオ、助けて、早く来て、助けて、オフクロが燃えさかる焔の中から、悲痛な声でオレを呼ぶんだよ」

夫はベッドの上で、私が差し出した熱いお茶を「うまいよ」と言って、またすって話をつづけた。

「オレ、オフクロを助けようと一生懸命走ったんだよ。オフクロは見えてるんだが、走っても走っても、手招きしているオフクロの手にオレの手が届かないんだよ」

昭和二十年八月九日に長崎市に原子爆弾が投下された日、大学二年生の兄宗薫と大学一年生の夫理郎は、ともに大村の軍隊で兵役に服していた。広島市と長崎市に投下された特殊な爆弾については、大村の軍隊内にも、それとなく噂話が流れてきた。

「長崎市の松山町辺がその特殊な爆弾の中心地で、その強烈で想像を超えた爆風や熱線で、大学病院も、浦上天主堂も、刑務所も、その周辺の家々も、吹き飛び、焼け尽くされ、そこら辺の住民もほとんど死亡し、その死亡者のなかには、骨になってしまっとる人もおるげな」

というニュースが宗薫と理郎の耳に入った。

理郎は軍隊を脱走してでも、母とみどりとかおるを助けに行きたいと思った。兄宗薫と相談した。二人の間に、なんの具体策も名案も浮かばなかった。事実、二人は何も行動に移すことができなかった。まわりに漂う噂から推測して、母操と二人の妹のみどりとかおるの生存は、ほぼ絶望的であることを、兄弟は暗黙のうちに了解した。三人の生存がゼロに近い状況の中でも、どうしても助けに行きたいと思ったが、どうしても助けに行けないジレンマに夫理郎は苛《さいな》まれた。何も行動を起こせない自分の無力さが、いつしかトラウマになって、理郎の心の奥底にその後ずっと居座っていたのだ。

そのトラウマが五十数年後、七十四歳で、死が間近かに迫っている夫にこの妙な幽霊夢を見せたのだろう。

「骨になったオフクロがオレに手を伸ばして、『ミチオ、この暑かとに、よう助けに来てくれたね』いまはこんげん寒か冬なんだが、夢のなかでは夏なんだよな」

夫はひと口お茶を飲んで咽喉《のど》を潤し、力のない弱い咳をした。それから何かに憑《つ》かれたように、さらに話をつづけた。また、血を吐くのではないかと心配ではあったが、夫の私に話しておきたいという意志を静止することはもう私にはできなかった。

「ミチオ、ここまで来る途中は大変やったでしょ。こっちに近づくにつれて、怪我や火傷をしたその無惨さに目を背《そむ》けたくなる人たちでいっぱいだったでしょ。この松山町はあの恐ろしか爆弾の中心地やったそうよ。だからママ（操）もみどりもかおるも焼けただれた上に燃えさかる焔に、四方八方取り囲《かこ》まれて、私たち三人は骨になるまで、焼き殺されたのよ。パパ（平三）やあんた（理郎）が私たちを見つけだしてくれてありがとう。私たちは三人固まっていたから発見しやすかったでしょ。すぐ、私たち三人とわかったでしょ」

夫は透視力を持った占い師というか、カミサマのように、自分の母と二人の妹の死に至るまでの悲しく、恐怖そのものの惨状を話しつづけ止まることを知らなかった。

「しっかり者だったみどりは、たった五歳よ。五歳なのに泣かなかったよ。からだ全体焼けただれて、顔も赤く腫れあがってたのよ。でも泣かなかったよ。ママの手のなかでいちばん早く息を引き取ったかおるの頬《ほお》を撫でながら、『カオル、かわいそかね。ママ、水が飲みたかね』と言って、ママの右腕のなかで眠ったのよ」

「オフクロ、悔しかっただろうな。いや、オフクロだけじゃないよ。あの日、あの特殊弾で命を失くした五万人とも七万人とも言われている人たちは皆、怒ってると思うよ。病気で死んだんじゃないんだよ。わけもわからん爆弾で殺されたんだからな。オレわかるんだ。オフクロの悔しさが。オフクロは温厚で温和で、もの静かで熱心なクリスチャンだったんだ。焼き殺されたなんて、烈《はげ》しくて、荒々しい言葉を口にしたことはなかったんだよ」

夫は疲れているはずなのに話しつづけた。

「あの原爆死から五十数年たったいままでも、オフクロは自分の意志が届かないところで、特殊爆弾で、有無を言わせず殺された無念さが忘れられなかったんだな。だから、このオレに自分たち三人の骨物語を夢で見せて、自分たちの無念さをオレに理解してほしかったんだと思う。でも、オレはもうどうすることもできないんだよ。オレの命はそんなに長く残されてないんだよ」

母の切々《せつせつ》たる心の訴えを思い出したのか、夫はふっと涙ぐんだ。

「パパ、私はもう七十歳ば過ぎとっとよ。私には核兵器反対ののろしをあげているグループに加わる元気はもうなかよ」

あと十日の寿命である夫が、なぜ語りつづけたか。

夫理郎の母と妹二人の夢に出てきた骨物語を読んでいただいた皆様に未曾有《みぞう》の悲劇をもたらした一発の原子爆弾の怖さをいま一度知ってほしい。

「喉元すぎれば熱さ忘れる」ではないが、投下されたその日一日だけで五万人を越える死傷者がでた原子爆弾の強烈な破壊力をいま一度、再認識してほしい。あれから六十五年経過した今日でさえも長崎市では三千人余が放射能の後遺症で、生命を奪われている事実を知ってほしい。原爆慰霊碑に納められている原子爆弾死没者名簿に記載されている人数は十五万人に及んでいる現実をも直視してほしい。また、核兵器を保有している国々、これからも、より多くの核兵器の増産に意欲を燃やしている国々の人々に、とくにその国の在り方を左右するリーダーたちにこの骨の物語を是非読んでいただいて、一瞬のうちに生命も、人生も、家族の幸せも奪われた人々の無念さ。放射能の後遺症で、日々、人知れず苦しんでいる事実を、良心を持った目で見てほしい。

私は舅平三から、平三の妻操と二人の娘のみどりとかおるの三人の骨について聞いていた。平三自身、即死は免《まぬが》れたものの、バリバリの被爆者であった。

昭和二十年八月九日に長崎市に投下された原子爆弾の中心地近くにあった、歴史の古い旧制中学校の牧師として、また、音楽教師として平三は働いていた。そして、三菱造船所がある飽の浦町よりも松山町が敵機の空襲も受けにくいだろうと判断して、それまで住んでいた飽の浦町の教会内の住宅から、部屋数も多く、広い庭つきの、松山町の借家に転居していた。

平三が被爆したのは四十五歳のときであった。授業の空き時間を利用して、花壇を改造した芋畑を見回っているとき、ギラギラと輝く真夏の太陽の下で、ピカっと閃光を浴びた。

巨大な虫めがねに太陽の直射を受けた紙がメラメラと燃えるように、ドーンという心臓をえぐりとるような爆発音とともに、周辺の建造物もろとも木造校舎もふっ飛び、炎上しはじめた。平三を即死から守ってくれたのは三階建ての鉄筋コンクリートの壁であった。建造物の破壊状態と高熱線で舐めるように広がる焔に比べると自分は顔のかすり傷と両腕のちょっとした火傷だけだ。大した怪我ではないと平三は自己診断をした。

しかし、放射能を浴びるということは、外見上だけで判断できるほど甘いものではなかった。平三は被爆の翌年は脱毛、それも、頭全体が禿《はげ》に近いほど毛が抜けた。貧血、ときどきの意識喪失で外出先から病院に搬送されることもあった。放射能の悪因子は平三の体内に潜《ひそ》みつづけた。

辛うじて破壊を免れた職員室から、この学校の反対側にある、自宅がある松山町を平三は深い悲しみの目で眺めつづけた。

夕日が沈みかけても松山町は燃える勢いを増し、人間が近づくことを拒否する強い赤信号を発していた。妻操と五歳のみどりと一歳のかおるの生存もその赤い焔がノオッと強く打ち消した。平三は呆然自失した。

自分が帰るべき家が燃えている。妻もいない。娘たちも消えた。平三から何もかも消えたのだった。さっそく、その夜食べる食糧すら米一粒すらないのだ。真夏の太陽でかいた汗、原子爆弾の投下によって引き起こされた爆風、その爆風で目も開けておれなかったほどに舞いあがった粉塵で汚れまくった顔も手も足も体も洗い流す風呂もない。着替えたいと思う下着もない。ないないづくしの平三。

あのピカッ、ドンの特殊な爆弾、そのあとの爆風と火の海、妻子の生命の保証もさきほどまでは風前の灯であったが、その灯さえも、もう消えてしまっているだろう。夕暮れ迫るこの勤務校でひとり取り残された自分はどうすべきか。神の愛を信じ、その愛を説き、神に祈り、神の愛に生きることに喜びと生き甲斐を感じ、自分の青春もその神の愛に捧げ、操と結婚したあとも四十五歳になるまで、操とともに神の愛を教会で説いてきた平三なのに、この苦境のなかで、神にどう対処すべきか祈っても、神は何の答えも出してくれない。

自分の周囲から、妻が消え、娘たちが消え、家も消えた。神からも見放された感がして、まったくの孤独感だけが平三を何層にも包み込んだ。

「ああ、ミサオ、オレどうしたらいいんだ。教えてくれよ」

平三はひたすら操に答えを求めた。

「ミサオ、ミサオ、助けてくれよ」


意気消沈し、路頭に迷う平三に、神の手が伸びた。

芝生も、雑草も黒く焼け残った、まだ焦げた臭いが漂っている変わり果てた校庭に、為すすべもなく、無気力に立ちすくんでいる平三に、先祖代々の地主の息子である同僚の社会科の教師が言葉をかけてきた。

「川上先生、田舎も住んでみるといいもんですよ。僕の持ち家でよければ、一軒、空いていますよ。今夜だけでも、僕の空いている借家で風呂に入り、泊まっていかれたほうがいいですよ」

願ってもない、ありがたい申し出であった。今夜は、この学校の焼け残った物置か、どこかで野宿するしかないなあと心細くなっていた平三であったから……。

「田中先生、こんなときに、ほんとにありがとうございます。とてもありがたいことです。どうぞよろしくお願いします」

平三は心からありがたいと思った。田中先生に何回も感謝の言葉を繰り返した。

その田中先生は住居だけでなく、古い物ではあるが、当座の生活必需品である鍋、釜、薬缶、寝具等も提供してくれた。さらにありがたいことには、米、味噌、醤油、塩、じゃがいも、さつま芋、人参、大根等、自分の家の畠で収穫したものを田中先生の奥さんが持ってきてくれた。

「こん家ん前の畠の野菜は何でん自由に取って食べて下さい」と言い残して、暗がりの中で一面に広がっている畠を指差しながら奥さんは立ち去った。

この同僚夫妻の行き届いた援助のおかげで平三はその夜、野宿することもなく、ホームレスにもならずにすんだのだった。地獄に仏とはこのことか。平三はこの心豊かで、優しさそのものである夫妻に心から感謝して床についた。

原子爆弾が投下された日の翌日十日に、平三は友人が提供してくれた借家で目を覚ました。友人夫妻がくれた夜具は瞬間的に少しカビ臭かったが、平三には、この上もなくありがたく、快適なものだった。

前夜は夜空に映える松山町辺の火の海をただ力なく、悲しく眺めるだけで、妻子を助けるために何の行動も起こせず、自分だけが助かったという自己嫌悪、人生一生分の心労を経験し、借家までの細く曲りくねった石ころだらけの田舎道を長く歩いた疲労で、平三は床に就くと、ぐたっと寝入ってしまったのだった。

松山町での目覚まし時計の役を果たしていた、コケコッコーの鳴き声で、習慣的に起きあがったが、平三はふと気づいた。

さっきのはケッケッコッコオだったな、そして、前日の朝までの懐かしい家族の臭いが全然しないのだった。夏でも食欲をそそる味噌汁のかおり、妻自慢の漬け物の臭がまったくしないのだ。「パパ、起きなさい」というみどりの声が聞こえない。平三のほうに向かって、はいってくるかおるの、畳を摩る音がしない。操の台所で働く気配がしない。まったく自分ひとりの空気の動きだった。前日の深い悲しみがよみがえってきて、平三は湿った心で床を離れた。

「きょうは何が何でも、操とみどりとかおるを探し出すぞ」

平三は自分の滅入る心を奮い起こした。

自分で、井戸から水を汲んだ。米をといだ。

自分でごはんを炊いた。自分で、じゃがいもの皮を剥いた。自分で味噌汁を作った。田中先生の奥さんが漬けた大根を切った。ほどほどに朝食を済ませた。

食後、釜に残っているごはんで、妻と二人の娘の三人分のにぎり飯を作った。もちろん、芋入りにぎり飯であったが。平三と同様に生き残った弁当箱に、自作のにぎり飯を入れた。おかずは田中先生の奥さんの手作りの、さきほど、朝食で食べた残りの漬物をにぎり飯の横に詰めこんだ。毎朝妻が作ってくれた弁当を思い出した。自作の弁当の何と殺風景なことか。色彩に変化がないのだ。平三の目から涙がぽとりと弁当箱の蓋の上に落ちた。

「ああ、操、生きていてくれ」

平三は心の中で深く叫んだ。

借家を一歩出ると、家の周囲の畠の野菜の緑がとても新鮮で、まぶしく、平三の目に元気が出てきた。

「よし探し出すぞ」

平三の足は速くなった。軽い足取りで山道を下った。昨日、夕暮れのなかで、疲れはてて歩いた同じ道を、いまは少しであれ希望を抱いて、平三は松山町を目指して逆方向に歩いた。

急いで坂道を下ったため、右膝が歩くたびに少し痛んだ。これが膝が笑うという現象か。昨日は夕暮れで、ぼやけていた長崎の西北部の景色は、今朝は、朝の強い太陽の光を受けて、視界が鮮やかに広がった。それもそのはず見渡すかぎり、視界をさえぎる建造物がすべて破壊され、吹き飛ばされ、焼き尽くされて、地面に黒ずんだ色を残しているだけだった。

黒ずんだ固体物が点在していることで、平面的な視界に無惨なアクセントをつけていた。折れまがった鉄骨、吹き飛ばされ損なった、半分だけ残っている鉄柱、辛うじて鉄骨にしがみついている黒く焦げた壁だけが、前日の朝まで、そこに建物が存在していたことを示していた。木造家屋はみごとに燃えつきていた。そしてその合間、合間に人が、否、遺体が黒く焦げて横たわっていた。

前日の特殊爆弾の強烈で残虐な破壊力が赤裸々に、生々しく、残酷に、そして正確に映し出されていた。決して誤魔化しのきかない現実であった。これが特殊爆弾を落とした側の非情な狙いだったのだろうか。その国の指導者たちはこれらの惨状も予想していたのだろうか。こんな修羅場《しゅらば》はそれまで映画でも見たことはないし、本でも読んだことはないと平三は思いをめぐらし、記憶をたどった。

途中の惨事は平三が目指す松山町に近づくにつれ、原子爆弾の中心地であるが故に、その深刻度を深めた。溶けかかったように変形し、変色してしまった瓦、常に水を入れてあった、セメント製の防火用水槽もすっかり破壊され、底の部分だけが地面に平べったく張りついていた。空襲による火災に備えてのバケツリレーの練習に使ったであろうブリキのバケツも原型をとどめずゴボゴボ。道端に黒く焦げたままの人。まだ知人、縁者によって発見されないまま息絶えた複数の死体。

「ひょっとして操とみどりとかおるではないかな。でも操はこんなに大柄な女性ではなかったなあ。ああ、よかった、でもごめんね」

平三は謝る気持ちと胸を撫《な》でおろす気持ちが交錯した。平三は妻子三人の生存にまだ一瑠《いちる》の望みを抱いて、三人を探しつづけた。

あまりの暑さに、水筒の茶を飲もうと立ち止まると、足元で何か動く気配がした。全身に火傷を負い、頭から血を流しつつも、平三を見て何か叫ぼうとした。平三は腰を下ろし、その女性に耳を近づけたが、声の内容を聞きとることはできなかった。自分が飲むために水筒の蓋に注いだ茶を、その女性の開いている唇に少しずつ注いでやった。埃と汗と涙で汚れた顔で、女性はおいしそうに、ゆっくりと、静かにその茶を飲み干した。開いた目尻から涙が一筋、流れ落ちた。

焼野が原に変わってしまった、あたり一面には木陰などなく、情容赦なく照りつける午後の太陽で平三はふらっと目が眩《くら》み、汗だくになった。「きつい」と思って、いったん、腰を下ろしたら最後、自分もまた、怪我をして動けず路上に固まっている人々のようになるのではないかという恐怖感もあり、平三は休憩できなかった。這うようにして、平三は歩きつづけた。よろめきながらも歩きつづけた。

「みさお、どこにおっと？　手ばあげて、合図ばしてくれんね。オレ、もうきつか」

右足首を触られた感じがして、平三は立ち止まって、その手の先を目で追った。おそらく昨日の九日から動けないまま、そこに横たわっていたのだろう。苦しい唸り声をあげている人が、最後の力を振りしぼって、かすかに手をあげて平三を見た。平三は助けようとしてその男性の右手を掴んだ。しかし平三がその手を握った途端に、その手の皮がズルッと動いた。平三はギョッとして自分の手を引っ込めた。しかし、その男を見捨てて、先に進むわけにもいかない。

「水ば飲まんですか、咽喉ん乾いとってでしょ、ほらひと口飲まんね」

平二は茶を入れた水筒と、水を入れたガラスの五合びんを持ってきていた。小さな茶のみ茶わんに入れた水をその男の口に平二はもっていった。

「ああ、うまか」

男は言葉を言い終わると、目を閉じた。

ヘトヘトに疲れていたが、一刻も早く、妻子を探しだすことが平二にとっても先決問題であった。

「オレ、人助けしている暇なんかないぞ。急がんば。みさおはオレが来るのを待ってるんだ」

遺体の側を歩くとき、思わず手を合わせ、心の中で十字架を切った。地べたを這うようにして、平二はやっと「我が家」と思われる場所にたどりついた。

平三がそこを我が家と感じたのは、平三がそこにへたりこんだとき、瞬間ではあるが、そこに、操とみどりとかおるの姿が見えたのだ。しかし、「おかえりなさい」と出迎えてくれる操の声が聞こえない。姿も見えない。奥の部屋から走り出てくるみどりの声もないし、姿もない。

「みさお、オレだよ、パパだよ、みどり。帰ってきたんだよ」

なんの応答もない。平三はあたりを探すように耳を澄ました。

「みどり、パパだよ。隠れてないで出ておいでよ」

もちろん、暑い真夏の空気が揺らぐ気配だけだった。

「かおる、はいはいして、パパのところへおいで、かおる、おいで、来てくれよ」

「ここまで来る途中、怪我人すべてが死んでいたわけではない。なんとか、生命を維持していた人もいたではないか。操、みどり、かおるの三人も、ひょっとすると生きているかもしれない、手や足が千切れていてもいい。火傷で顔が潰れていてもいい。どんな重傷でもいい。生きていてくれ。生きているお前たちに会いたい。どこにいるんだ」

平三の独白は空しく八月の炎天に枯れ、消えた。

めがねをはずし、額から流れ落ちる汗で曇り、染《し》みる両眼を、首に巻いていたタオルで拭き、タオルの端の汚れてない部分でメガネを磨いた。

玄関跡から廊下跡を通り、座敷跡へと平三は進んだ。黒く焼け焦げ、消し炭のようになってしまっている床柱と本棚の前で立ち止まった。

「あっ、みさお、ここにおったとね」

平常心をすっかり失ってしまった平三は大声で叫んだ。

何とか生きていて欲しいと願った三人は、まるで火葬場の鉄板の上で、高熱で焼かれたかのように肉は一片も残さず、すっかり白骨化していた。妻の操は白骨化してしまっていても、右手にみどりを左手にかおるをしっかり抱きしめ、守っていた。骨になっても、二人の娘たちを守り抜いた母親の愛情が滲《にじ》み出ていた。

「ああ、ああ、みどりもかおるもママと一緒におったとね。ママの側でよかったね。ばってん、かわいそかね。こんげん小さか骨になってしもうて」

ボロボロ流れ出る涙を、平三は拭《ぬぐ》おうともしなかった。

「そうそう、かおる、昨日の朝、パパが出かけるとき、いつになく、ぐぜって(不平をいって)、パパの後追いばしたね。あれがパパとの最後の別れになったとやもんね」

ひと握りほどの骨になっているかおるに、平三は頬ずりして、いとおしんだ。

「みどり、ほんの昨日の朝よね。元気か声で、『いってらっしゃい』『パパ』と言うたとは。みどり、たった一日で、こんげん骨になってしもうて」

平三は泣きつづけた。

たった一発の爆弾で、無念にも、一夜にして骨になるまで、焼け死んでしまった操とみどりとかおるの三人の骨に覆いかぶさるようにして抱きこんで、平三は、グクッっと唸るように、男泣きに泣いた。

まだなま暖く、乾いた三人の骨は、平三の深い嘆き、悲しみ、慟哭の愛を受けとめ、飲みこむように、平三の涙をすうっと吸いこんでいった。

「みさお、苦しかったろうね。辛かったろね。みさお、偉いね。骨になっても、みどりとかおるば守ってくれたとね。ありがとうね。ああ、そいでも悲しかね、かわいそかね。こんげん骨になるまで、焼け焦げてね」

「The flowers that are smiling today, tomorrow will fade away.」

(今日微笑む花も明日はしぼむだろう)

十六世紀の英国詩人の一節が、空虚な響きを残して、平三の脳裏をかすめた。

前日の朝まで、操を中心にした、平和で、愛に満ちた敬虔なクリスチャンであった平三の家庭は、たった一日で、たった一発のあの特殊爆弾によって、完全に破壊されたのだった。常に心の支えであり、神の愛をともに信じ、ともに神の愛を説いてきた妻を奪われ、可愛いいさかりの二人の娘たちも同時に奪い去られて心の中に、誰も埋めることのできない、大きな淋しい空洞ができた平三は、もう牧師でもなく、教師でもなく、虚無感に陥ったひとりの人間、この世に誰ひとり頼れる人もいない、生きる目的をうしなった孤独なひとりの男になっていた。

「みさお、オレも死にたいよ。お前がいない家なんて、家じゃないよ。お前がいない世の中でひとりで生きて行けないよ。オレひとりで生きて行きたくないよ。オレ、ここで、お前たちといっしょに死にたいよ。みさおがいないこの世で、オレ、どうして生きていけばいいんだよ。みさお、教えてくれよ」

答えてくれぬ三人の骨を両手で、ただ撫でるばかりの平三であった。

焼け尽きた家の跡に見付けた礎石に平三は腰を下ろした。汗や涙を拭いて、すでにうす汚れて、くしゃくしゃになっているタオルをガラスビンの水で少し湿らせて、平三は顔をぬぐった。と、そのとき、みどりの骨になっている小さな右手指が、微かに動いた気がした。

「ああ、みどり、のどん渇いとっとね。水ば飲みたかとね」

井戸水を入れてきた、五合入りのガラスビンが空になるまで、三人の骨に平三は水を振りかけた。その水は心地よさそうに、三人の骨に染《し》みこんでいった。その様子は、ゴクン、ゴクンと咽喉を鳴らして骨が水を飲んでいるようであった。

「みさお、みどり、かおる、お腹《なか》んすいとっやろ。みさお、このおにぎり、オレが作ったんだよ。おかずは漬物だけだよ。田中先生の奥さんが漬けた漬物だよ」

松山町一帯の焼野が原の丘の上の自宅跡に妻と娘の三人の骨を前にして、ただ自分がひとり、生きている淋しさ、空しさ。これから、ひとりで生きていかねばならない無常感を振り切るように、平三は三人の骨にむかって、話をつづけ、頬には細い涙が流れつづけていた。

「みどり、お茶もあるよ。そして、ママが一週間前に作ってくれたキャラメルがパパのポケットに二粒残っているよ」

平三は水筒の蓋に一杯ずつお茶を、それぞれ、三人の骨の口の部分に飲ませた。自分が作ってきたにぎり飯を親指大にちぎって、それぞれ三人の口に食べさせるように供えた。みどりとかおるには、にぎり飯の横に、小粒のキャラメルを並べた。

三人に、にぎり飯を供えているあいだに、平三は自分もはじめて空腹感を覚えた。午後三時を過ぎていた。

「そうだ、みさお、みどり、かおる、親子四人で食事をするのは今日が最後だよな。たった、にぎりめしと漬物だけの最後の晩餐《さん》だよな」

三人の骨に話しかけながら、平三は自分が作ってきた、芋入りのにぎり飯を食べはじめた。空腹時に食べるものは、すべて御馳走だ。米粒を一粒も残さず全部食べた。漬物も全部たいらげた。空になった弁当箱に水筒の茶を注ぎ、内側を洗い流すように弁当箱をぐるっと廻し、その茶を平三はひと息で飲み干した。

「みさお、三人の骨ば少し持ち帰って、お寺さんに納骨しようと思う。よかね」

川上家の本家は曹洞宗である。いまでは遺品になった妻操の手作りのパッチワーク風の小さな布でできている弁当風呂敷を平三は土の上に広げた。平三はその風呂敷に入るだけの三人の骨を入れて包んだ。その内容は三人の肋骨を一本ずつであった。骨になっても、二人の娘を守りぬいた妻操の気持ちを酌《く》んで、そのままの形でこの松山町の丘に葬りたいと平三は決心した。

礎石から立ち上がった平三は、そこら辺に散乱している尖った石ころや鉄片を拾った。座敷跡の前に穴を掘りはじめた。野菜畠の跡だったので、さほど苦労することなく穴を掘ることができた。二人の娘を両腕にしっかりと抱いて、骨になった操の愛を大切にしたかった。

操の骨をまん中にして、その右側にみどりを、そして左側にかおるを穴の底に横たえた。にぎり飯も、キャラメルもそれぞれの骨の口元に供えた。土を掘る間《あいだ》も流れつづけていた涙は、汗と一緒になって、平三の両頬を、細く流れ、唇を通して口の中にも流れ込んでいた。

「みさお、オレもいっしょに、ここに、横になりたいよ」

「みどり、さよなら。かおる、バイバイね」

「みさお、二人ばずっと守ってくれんね」

「みさお、みどり、かおる、お前たちはあまりにも早く、神のみもとに行きすぎたよな」

「みさお、悲しかね、せつなかね。こんげん別れ方ってあるもんか、辛かよ。みどり、かおる、お別れだよ。パパひとり置き去りにして」

三人の骨に直接、ドロがあたるのがしのびなくて、平三は自分の汗と涙で汚れたタオルを、三人の骨の上にかぶせた。

　夫として、父として、三人の骨に、低い涙声で別れを告げながら、三人に、少しずつ、平三はドロをかけていった。

「もう、オレ、牧師を辞めるよ。いまのような気持ちでは、牧師をつづけることはできないよ。もう神の存在を信じることができないからな。神の愛を信じることができない者が、神の愛を説くことはできないよな」

　三人の骨の上に、盛り上がるまでに土をかけると、また、どうと平三の目から涙があふれ、流れ、その盛り土の上に落ちた。それは、三人をこよなく愛した平三の一生分の涙であった。その別れの愛の涙は、平三がいま、埋めたばかりの三人の骨に届き、しみこみ、きっと三人も、平三の愛の涙を悲しく受け止めることであろう。

　移転先の現住所と氏名を書きこんだ、古い板の立札を、その盛り土の上に立てた。その立札は平三の妻操と娘のみどりとかおるの墓標にも似て、あたりに淋しくアクセントをつけていた。

平三は自分が為すべきことをすべて完了したことを確認した。指先から血をにじませ、自分自身で、ひとりで、汗だらけ、泥だらけになりながらも、三人のために墓を作ったことに満足した。上着の袖で額の汗をぬぐい、妻操、娘みどりとかおるの墓に向かって、平三は両手を合わせた。

「パパはもう帰るよ。パパが作った墓の中で、三人とも、安らかに眠ってくれよ。みさお、みどり、かおる、ほんとに、さようなら。バイバイ」

平三の心の底からの悲しい涙声は、夕暮れの松山町の丘に、重く響いた。

背中を丸めて、ひとりトボトボと丘を降りてゆく平三は、一夜にして白髪が増え、急に老けこんでみえた。

孤独な、寂寥感の塊になっている夫の後姿を、操はみどりとかおるを両脇にして、はらはらと涙を流しつつ、見送った。

自分の骨に土をかけられることで、前日まで、人生を楽しく、愛のある生活をともに過ごしてきた夫平三との永遠の別れになることを、操の魂はやっと自覚した。やっと死の意味を理解した。

　何の前ぶれもなく、突然、愛する人たちとの永久《とわ》の別離を強《し》いられ、引き裂かれたことの無念さ、訣別の辛さ、悲しさが操の魂全身を走り、全身が震《ふる》えた。その救いがたい悲痛な震えは、平三が全身汗にして作ってくれた墓の盛り土を揺がせ、その揺れは松山町の全域に波打った。

　それはまた、操母娘《おやこ》と同じように、前日の原子爆弾投下により、その日だけで五万人とも七万人ともいわれる爆死者の怒り、嘆きの悲しみを訴える全身の震えであり、誰からも看取られることもなく、末期《まつご》の水で唇を湿らしてもらうこともなく、焼けただれ、骨になっても放置されている者の魂の糾弾のうねりでもあった。

「あっ、光った」と叫び声をあげた瞬間、もう、一千度もあろうかと思われる焔に包まれ、死ぬ覚悟もせぬまま、死ぬ悟りも開く間もなく命を絶たれた者の、持って行き場のない怨みのうねりでもあった。

操母娘三人とともに死者たちの号泣する声は、松山町一帯の死者たちの慟哭となって、悲しくも、夕暮れの丘に染みていった。

# 末期のブランデー

# 末期のブランデー

夫の生命のか細い灯が消える前日の、十二月十五日の夜、私が塾から帰宅して、居間の電気をつけた途端に、夫から電話がかかってきた。

私が塾から帰宅するまでの、私が歩く時間、バスの所要時間を計算して、病院のベッドで、ずっと待っていたようだった。私はオーバを着たまま夫と話をした。特別に緊急を要する内容ではなかった。

ただ何となく私と話をしたかっただけのようだった。親の帰りを待つ子どもの心情にも似たものを夫の電話から私は感じとった。

「もう、今日は疲れとっけん、電話ば切るけん」

という夫の言葉が妙に私の心にひっかかった。つぎの日は、私に永遠の別れを告げて、私の元を去ることを夫は本能的に感じて、消灯後の病院のうす暗い廊下を、ゆっくりと、必死に歩いて、私に電話をかけたのだろうと思うと、あれから十年後のいまでも、私の胸は悲しみを避けることはできない。


金曜日以外は毎日塾で働き、その日も、夜の九時まで授業をして、私は疲れ果てていた。ある高校三年生の保護者は、

「先生、御主人の看病も、教室の掃除も私たちがしますから、先生が病気で倒れないようにしてください。先生は勉強だけしてください」

と親切にも私に申し出てくださった。私はとてもとても嬉しかった。涙が出るほど嬉しかった。他人様《ひとさま》の親切が身に染みて嬉しかった。ありがたいと思った。かといって、その申し出を甘んじて受けるわけにもいかなかった。

私は病院と塾を往復する日がつづいた。家はただ眠るだけの生活であった。

その日も、昼間、塾に行く前に、夫が入院している病院に立ち寄った。ちょうど昼食どきであった。夫の病院食の粥状のおかずを大きなスプーンで、ひと口すくって私は味をみた。濃い味が好きなせいもあるが、私には何を食べているのか、さっぱり分からないものであった。

「パパ、私はこんげん、味のなかもんは食べた気のせんよ。早う、ようなって、普通食ば食べらるっごと、がんばろうよ」

「うん」

力のない夫の返事であった。

四年半前に発見された膀胱ガンは、最初の診察でガンと宣告された。私も内視鏡を通して、こぶし大の膀胱の中に四個のガンを見た。巨大なのがひとつ、中くらいのがひとつ、小さいのが二つ見えた。三時間ぐらいの手術で、主治医先生の辛抱強さで、ガンは全部、掻きだされた。半年後の診察で、掻き出された跡が少し赤味を帯びているとのことで、レーザーで焼いて膀胱ガンは完治した。

それから二年後、肺ガンが見つかった。夫が軽い、力のない咳をするので、病院で検査してもらった結果、肺ガンであることが判明した。若いころから、ヘビースモーカーだからと、心の隅で納得した。

手術前は右肺の三分の一を切除するとの医師からの説明であったが、切除された夫の右肺の大きさは、半分ではないかと思えるようなもので、巨峰の粒大のガンが、切り取られた肺臓からでも絶対に離れないぞと、三個が喰いついていた。その後、二年半のあいだ、抗ガン剤治療などのため、数回、一週間程度入院することはあった、が、退院したら、その日からスーパーなどにショッピングに出歩くほど元気であった。

夫の兄宗薫の墓参も兼ね、毎年十月の東京行きは年中行事のひとつで、決して欠かすことはなかった。毎月の博多行きも夫はさらに、エンジョイしていた。

私は夫を深く愛していた。年齢や生活環境によって、愛の形はさまざまであろうが、七十歳の私には、夫は空気にも似て、必要不可欠な存在で、いつも私の側にいてくれるのは当たり前で、私の人生のつっかい棒であり、夫が生きることは私が生きることであった。

旅をしたり、ショッピングをしたりして、夫の楽しそうな顔をみるのが私の生き甲斐であり、私が働く原動力になっていた。

しかし私たちの年金だけでは、東京や博多に旅行して楽しく過ごすことは不可能であった。楽しく過ごすことが夫のガンとの闘病生活にプラスとなることを信じ、夫の好きな旅、ショッピングを二人で楽しむため、また、旅先で夫のガンが急変したときに備え、付添い人としての姉の三人分の費用を稼ぐために、私は働いた。それが私の夫への愛の形であった。

教師であることが好きな私は七十歳になっても働くことは楽しいもので嫌

に思ったことは一度もなかった。塾生が割に多かったため、夫がガンになったからといって塾の経営をストップすることはできなかった。

四年半のガンとの闘いの間に二十キロもの体重減で、夫は私が背負えるほどに痩《や》せ細っていた。どんなに窶《やつ》れていても、どんなに老いぼれていても、夫は私にとっては、かけがえのない人物なのだ。人生の同志である夫には私が死ぬまで生きてほしいと思った。

「パパ、死なんで、私は純も、かおるもいらんよ。パパ、私はパパだけが必要よ。パパ、死なんで、パパ、大好きよ。私の側にずっと居てね」

「パパ、あと一年でよか、生きて」

私は夫に必死に懇願した。ボロボロ涙が止まらなかった。

「そげん長う生きらるんもんね」

夫は諭《さと》すように私に答えた。

私は心の中で叫んだ。

（「お前百まで、わしゃ九十九まで」だぞ。九十九歳どころか、七十四歳で、七十歳の老婆をひとり、この世に残して、先立つとは何事か。許されないことだ）

涙が止めどなく流れた。

夫に無理な願いをしていることは、私は十分にわかっていた。あと十日で死ぬ運命にある夫に、私は「あと一年でよかけん生きてくれ」と頼むのだから。

「オレ、そげん生きられんよ」

泣きじゃくる子どものように泣いてせがむ私に、小さな子どもに教え聞かせるように、夫は優しく、淋しく、力なく答えたのだった。

十五日の夜は私はとくに疲れていた。昼間は病院に夫を見舞い、その後、長崎市から、西彼長与町にある塾に着くと、教室の掃除、授業の準備、午後六時から九時まで三時間の授業、長与駅からJRで帰宅すると、時計は毎晩のことだが九時四十五分であった。

間髪を入れず、夫からの電話で夫と話し終わり、リビングルームのテーブルのそばの椅子に腰を下ろし、熱いお茶を飲む間もなく、また、電話が鳴った。

「御主人がとてもきつそうです。できるだけ早く来てください。病人さんを元気づけてください」

夫が入院している七階の西病棟の看護師さんからであった。

特別な用事もないのに、ただ私の声を聞きたいだけのような、迫りくる死への本能的な恐怖、何かに助けを求めるような、さきほどの電話を通しての夫の声。私は何か胸騒ぎを覚えた。簡単に夕食をすませてタクシーで病院にかけつけた。夜の十一時を過ぎていた。普通なら私が就寝する時間であった。

消灯後なので病院中は薄暗かった。ドアを入ると通路を挟んで左右にベッドが三つずつ並んでいる六人部屋で、夫のベッドは左側のまん中であった。患者は皆、壁に頭を向けているので、足は通路に向いている。患者のプライバシーを守るため、それぞれのベッドは壁の部分を除いて、U字型にカーテンで囲まれている。夫のベッドを囲んでいるカーテンだけが異様に明るく、周囲の者に非常事態を感じさせるのに十分であった。

夫は私を待っていた。息子の純でもない。娘のかおるでもない。ただ私を待っていたのだ。わずかの量にせよ、ベッドに座って、昼食を食べた昼間の元気さは夫の全身からすっかり消えていた。迷い子になった子どもが群集の中に母親を見つけだしたような喜びが、私の顔を見た夫の顔に広がった。

十日前の晩の入浴中の吐血で、体力をすっかり失った夫はその夜の吐血と下血で、顔色はさらに青ざめていた。

今度こそは、間違いなく、私が最も恐れている夫の死が間近かに迫っていることを予感させるものであり、私にその覚悟を促すものであった。

「ママ、ありがとう」

夫の声は低く、弱々しいものであった。が、私が側にいることに、とても安堵した様子だった。

「パパ、がんばらんばね」

「うん」

私のためにに生きてくれという思いをこめて私は夫を低い声で励ました。

夜の十二時を過ぎても、主治医は輸血の点滴の速度をチェックしたりして、夫のベッドの側に居てくれた。重患を持つ家族にとって主治医が患者の側に居てくれることは、非常に心強く、また、とてもありがたいものであった。

「子どもさんたちに連絡したらどうですか」

主治医が私に向って、低い声で提案した。

「いや、それに及びません。家内がいますから」

夫は私が答えるのをさえぎった。

勤務医として、それぞれの公立病院で、オーバーワークになりながらも、一生懸命に働いている二人の子どもたちに迷惑をかけたくないと思ったのか、それとも、子どもたちが自分のベッドの側に集まるということは、自分の生命の電池がもうすぐ切れる危篤状態にあるという事実を夫は自分自身で認めたくなかったのだろうか。

または、十日前の朝、入院する夫に、私が「私は純もいらない。かおるもいらない。私が必要なのはパパだけだ」という私の愛の告白に対して、夫は「自分も、自分の側には私だけでいい」という私へのメッセージだったのかもしれない。

ベッドの側に備えつけてある、患者の私物入れの上に腰を下ろして、私がうとうととしていると、主人から起こされた。

「もう帰って寝たほうがいいよ。今晩は大丈夫だよ。心配するな」

夫は、今晩は死なないから、安心して家に帰れといっているように思えた。

金曜日以外は毎日、一人で塾で頑張っている私の体調を気づかって、夫は病院には週二回か三回洗濯物を取りに来てくれるだけでいいと言っていた。しかし、今日は病院に来たのは二回目であった。

健康にはまあまあ自信があった五島産イモ娘ならぬイモ婆さんも、さすがに疲れていた。私のうとうとと居眠りする顔から最高度に達している私の疲労を察知した夫は、私に家に帰って寝るように勧《すす》めたのだろう。

タクシーで家に着いたのは、夜半というべきか、夜明けというべきか、二時半であった。

翌十六日は、いつもならば、寝床の中で目覚める時間である八時半には、もう、私は夫の病室のドアに立っていた。虫の知らせというか、どうしても家で眠っておれなかった。夫の側に居たいと思ったのだ。そして、夫もまた、もう、私を待っていたのだ。ベッドの柵にもたれるようにして立って、ドアのほうを見て、まだか、まだかと母親の出現を待つ幼児の顔をして、夫は私

を待っていた。病院を訪れるにはあまりにも早い、予想外の時間に、私の顔を見て、夫はよっぽど嬉しかったのか、

「ママ、もう来てくれたと、ありがとう」

病室の他の患者さんたちに臆することなく、夫は大きな声で感謝した。今朝二時に、病室から私を家に帰して、休ませたい一心で「今晩はオレは大丈夫だ」つまり「今晩はオレは死なない」と私に誓った通り、その約束を夫は実行したのだった。

自分が約束した通り元気であったことを示すかのように、夫は血の気のない顔ではあったが、ベッドの側に立って、入口に立った私のほうを向いて、「ママ、ありがとう」といって私を迎えたのだった。六人部屋の他の男性患者に対して、少しも照れることなく、二時間かそこらの睡眠にもへこたれず、疲れも見せず、八時半には自分のところへ来てくれたことの嬉しさ、喜び、感謝の念を夫は率直に表現したのだ。それはひょっとすると、四十二年間の結

婚生活に間もなく終止符を打つ夫の、私への一生分の感謝の言葉だったのかもしれない。

こんなに元気な声を出した夫が、四時間後には永遠の眠りにつくとは。この元気を示した夫は絶対に死なない。きっと生き抜いてくれると私は確信し、祈った。

しかし、死神はそんなに甘くはなかった。一度、取りついたら最後、その取りついた相手の血を、最後の一滴を吸いつくすまで、死神は絶対に離れない。死神は私の祈りなど、木っ端微塵に吹き飛ばした。死神はさすがに強かった。

「ありがとう」と私への感謝の気持ちを、はっきりと伝えた夫は安心したのだろうか。

「ちょっと横になっけんね」

夫はゆっくりと自分でベッドにあがって寝た。この後、夫の意識は徐々に薄れはじめた。そのとき、看護師さんが検温のため、夫のベッドの側に来た。

「御主人は今朝方、少し汚しましたよ」

「まあ、そうですか。お手数おかけしました。いろいろお世話になります。ありがとうございます」

看護師さんの姿がドアの外に消えたとき。私は目を閉じている夫に話しかけた。

「パパ、よかとよ。汚してもよかとよ。病人やもん。よかさ」

私の声が届いたのか、苦笑したような表情をした。

十時ごろであったろうか。目を閉じたままの夫の左唇端から、淡い色の血が細く流れ始めた。私が綿を当てると、夫は薄れた意識の中でも、自分の親指と人差し指と中指でその綿を握って、少量であるが流れ出る血を受け止めていた。夫は枕を汚すのを気にしているようだった。

「パパ、枕ん汚れてもよかとよ。病人やっけん。汚れてもよかとよ」

新しい綿に取りかえると、夫はやはり、自分の指で持とうとした。

「どらっ、私が血ば拭くけん」

ベッドにあがり、夫の横に坐って、私は右手で夫の指から綿を取って、それを夫の左唇の端に当てた。左手で、いままで綿を持っていた夫の左手をしっかり握りしめた。

「パパ、たいした血じゃなかよ。しっかりしてね」

しかし、私の拳の中の夫の指は、時が過ぎるにつれだんだん弛んできた。

「パパ。死なんでくれんね。私にはパパがいちばん大事かとよ。私は七十歳よ。ひとりで生きていけないよ。こんげん婆さんになってから、いままでのライフスタイル変えられんよ。二人でひとりやったやかね。パパがおらんごとなったら、私はどんげんして生きていけばよかと。パパ、死なんで」

私は夫の耳元で私の心を伝えた。でも、夫の生命の火は、私の切なる願いに反して、私の手の中で、穏やかに、安らかに、顔にはかすかな微笑さえ浮かべて消え落ちた。


十六日、夫理郎永眠。自分で自分の人生の終焉の日は十六日と決めていたかのように、十二月十六日十二時二十三分に、夫は黄泉《よみ》の国へ旅立った。

野球大好き。巨人軍大好き。その巨人軍の昔の名選手、名監督であった川上哲治氏に心底傾倒し、氏の背番号である十六という数字にこだわり、執着してきた夫であった。

ひとつの学年に二十組以上あった昭和二十七年ごろの長崎県下随一の大規模校であり、教職員の大半はこの中学校で働くことを望んだ桜馬場中学校在職中は、何学年に配属されようとも、常に十六組を担任してきた夫であった。

「オレがこだわりつづけてきた十六という日に永眠できるとは、オレは幸せもんじゃ。オレは大満足じゃ」

とも受けとれる夫の死に顔であった。

私がどんなに夫を愛していようとも、私は夫と死をともにすることはできなかった。この大宇宙を司《つかさど》っている運命の神には誰も逆らうことはできない。

最後の息を引きとる瞬間、夫の唇がかすかに動いた。

「マーマ」と私は聞きとった。

私を呼ぶ時は「ママ」であった。つぎの瞬間「マーマ」とは夫の母操のことだと私は感知した。私は何となくほっとした。

息子理郎の死を心配して、ずうっと母操が理郎に付き添っていたのだ。「マーマ」は息子理郎の黄泉の国への水先案内人として、理郎の魂を迎えに来ていると私は感じた。

「ミチオ、こっちよ」

ああ、懐かしい母操の声。夫は未知の死の世界への旅の恐怖から、すっかり開放された。

母操は七十四歳の息子理郎の死界への旅立ちが心配であった。何歳になろうと母は母。息子は息子。母と息子の関係は現世でも霊界でも同じなのだ。

「ミチオ、こっちよ」

「ミチ兄ちゃん、こっちよ。パパ(平三)もムネ兄ちゃんも待ってるよ」

母の慈愛に満ちた声。母に対してと同じくらい愛を注いだ妹みどりの温和な、やや大人びた声に導かれて、理郎は何の違和感も不安感もなく、霊界の雰囲気にとけこんでいった。

二十四年前、七十五歳で「アチラビト」になった父平三は当時より、だいぶ頬がこけ、すっかり白髪になっていて、昔の勤務校の生徒からつけられた綽名《あだな》「カボチャ」フェイスも、眉尻がピンとはね上がった、妙にのびた眉毛で、威厳が加味されていた。

理郎が非常に尊敬し、自慢に思っていた兄宗薫は、生前、一世を風靡した官能文学者の貫禄はいまだ健在で、つぶらな瞳の奥の鋭さが理郎には懐かしいものであった。

中学生のころ、縦、横の長さ、紙の質を決め、それぞれ自分で作成した紙製の相撲力士を、テーブルの上に作られた土俵の上で、テーブルを叩いて戦わせたころの童顔が消えない。

父平三と同様に、柔和な微笑を口もとに漂わせて、十四年ぶりの霊界での弟との再会の喜びを兄宗薫は、疲れきっている弟に差し出した右手に表わした。

「おお、理郎、お前も、オレたち霊界の仲間入りするのか」

「うん」

現世との境界線を越えたばかりの、新人霊界人になった理郎の弱々しく伸ばした細い手に差し出された宗薫の右手は、兄の愛情に溢れ力強いものであった。

「ミっちゃん、のどかわいたでしょ」

差し出された熱い茶は、昭和二十年八月九日に、母操が原爆死し、母の愛を、看取ることもなく、たった一日で失って以来、現世ではさほど味わうことのなかった、五十四年ぶりの、不思議な、しかも懐かしい母の愛情がいっぱいの心がゆるむ香りがした。

「ミチオ、大へんな病気だったのに、今日まで、よう頑張ったよね」

母の限りなく優しく、少年時代に味わった、ぬくもりのある言葉に、七十四歳になっている理郎は、ふうっと涙ぐんだ。

みどりとかおるの二人の妹は、人の死を悲しむ現世とは異なり、兄理郎の死を待ち焦れとても歓迎している風で、子どものように、はしゃぎ、理郎の側から離れようとしなかった。

「ああ、オレが、霊界入りした川上家の最後のメンバーか」

理郎はひとり、そっと呟《つぶや》いた。

たしかに、あの五十五年前の家族写真は、ジグゾーパズルのように、理郎の死によって、ようやく完成された。

霊界での父平三、母操、兄宗薫、妹みどりとかおるの家族愛に埋《うも》れ、えも言われぬ幸せな気分の中で疲れも出て、夫理郎はついうとうとしてしまった。

鼻先を掠《かす》める、心地よい潮風の薫りに誘われて、理郎の魂は、静かに、細く目を開けた。

目の前に広がっていたのは理郎が中学生時代を過ごした、長崎港を見おろす飽の浦町の丘の中腹にある懐かしい、木造の古びた教会であった。

そこは昔、理郎が少年のころ、礼拝堂のまん中辺に、兄宗薫と並んで腰掛け、宗教特にキリスト教に対して、何の疑念も抱かず、むしろ、無頓着な、あまり純心でもない、小さなキリスト教徒として、父である牧師の説く神の愛を、隣人愛を、ひとつ、聞いてやるか、オレ的には神の愛のアガペーよりも、人間愛エロースに興味があるんだが、オヤジにエールを送るような気持ちで、牧師の説教を半分は耳に入れ、半分は上の空で、それでいて、教会の外の空想を巡らす、楽しい時間でもあった。

日曜礼拝に参加している敬虔な信者さん達を見回し、醇朴な、可愛い女の娘《こ》を見つけたときの喜び、少年の胸は躍った。その娘に気づかれぬように、しかもこっちを向いてくれないかなあと相反する精神状態で、そっと何度も秋波《しゅうは》を送りつつ、牧師であるオヤジの体面に恥を塗らない程度にチョロ、チョロと神に祈りを捧げた、どこか、くすぐったい思い出のある教会堂であった。

重心を体の左側に置くと、「ギー」と軋む音も昔と変わらないなあと、古い椅子の坐り心地を試しながら、七十四歳の理郎の魂は思い出に浸った。

少年時代の思い出に、身も心も、すっかり軽《かろ》やかに、楽しい気分になって、理郎の魂は、

「ひょっとして、オレの肺ガンは良くなってしまったんじゃないか」

と誤解したほどであった。何とはなしに軽くなった頭をあげて、見慣れた教会堂の正面に目を移した。

「な、なんと、なんと、オヤジがいるではないか。いつの間に牧師に早変わりしたのか」

オヤジは黒っぽいスーツを、ビシッと決めていた。

「オヤジ、かっこいいぞ。やるじゃないか。オレ、びっくりした」

理郎の魂は心の中で叫んだ。眉尻があがった、長く伸びた眉毛、オールバックの白髪が黒っぽいスーツに映えて、あの「カボチャ」フェイスに品格さえ与えていた。

説教台の後ろに立っている牧師オヤジは正面に飾ってある十字架上のイエス・キリスト像よりも、はるかにインパクトがあった。

意外、意外。原子爆弾投下で、妻と二人の娘を一挙に失い、それも、たった一日で、一片の肉片も残さず、完全に白骨化してしまっていたのだ。爆心地である松山町の自宅跡で八月十日に、三人の骨を発見した時の平三の驚愕、悲嘆、落胆、失意。

自己を完全に喪失し、自分の両手の拳《こぶし》の小指の付け根から血が滲むほどに大地を叩き、神を呪詛《じゅそ》し、「妻子の死は神から与えられた試練だ。耐えるべし。」などという考えなどクソクラエ」と牧師を辞め、聖書も讃美歌も押し入れの隅に封印し、二度と手にすることのなかった平三。

自分の葬儀も川上家本来の宗派である曹洞宗でおこなわれたことに平三の魂は満足していたようだった。しかし、死を迎える四ヵ月間、植物人間化していたが、ベッドに寝ている平三は、無意識のうちにも、ほとんど常に、両手を胸の上で組んでいた。それは説教台で神に祈る姿であった。

「お父さんは牧師さんだったんですか?」

ある看護師は首をかしげながら、質問したことを理郎の魂は思い出した。

「ああ、やっぱり、オヤジは牧師だったんだ。本物の牧師だったんだ。付け焼き刃的なものではなかったんだ」

「だから、いま、説教台の向こうに立っているオヤジが牧師そのものに見えたのは納得」

理郎の魂はなぜか、安堵の胸を撫《な》でおろした。

父平三牧師が立っている説教台の奥の左側で年を重ねても白さが目立つ指で母操がオルガンを引いていた。

「あっ、マーマがオルガンを弾いてる‼」

「すばらしいな‼」

七十四歳の理郎の魂は、つい、少年時代の記憶で、母操を「マーマ」と呼んでしまった。

「主よ、みもとに近ずかん……」

どことなく、もの悲しいトーンがあたりに漂っていた。

「ああ、このメロディ、オレ好きなんだ」

「そう、そう、兄キも好きだったなあ」

母操の魂が奏《かな》でる、讃美歌、四百四十一番のメロディは聞く人の心の奥底の細やかな襞、襞まで溶けこみ、滲みいり、飽の浦町の教会堂の隅々まで厳かに響きわたった。

「兄キのテノールは、オヤジの低音と相俟《あいま》って、ハーモニィが美しいなあ」

「オヤジもオフクロも、アニキも、みどりもかおるも、オレの霊界入りを待っていてくれたんだ。そして、こんなにも歓迎してくれてるんだ」

じわぁっと、無言で包みこんでくれる両親の深い愛、原子爆弾で家族愛を失って以来、心の片隅で両親の愛を求めつづけていた、その愛で、理郎の魂は満たされたのだった。

両親とともに兄と妹たちが歌う讃美歌のハーモニーの中で、理郎のガンで蝕《むしば》まれていた病める体は心もいっしょに、柔らかく癒されていった。何の気負も無用の、何の見返りも要求しない、ただ与えてくれるだけの、どんな時も両手を広げて、受け入れてくれる、大きな母の無償の愛の懐《ふところ》に、五十四年振りに、理郎の魂はその傷ついた羽根を休めたのだった。

「そうだ。オレ、牧師の息子なんだ」

「オヤジとオフクロと兄キと妹のみどりとかおるの五人の家族愛の中で、オレの死の儀式をしてくれてるんだ。クリスチャンとして」

「オヤジ、オフクロ、ありがとう。オレ、幸せだ。牧師の息子であること」

と叫んだ自分の声で、霊界人ニューフェイスの理郎の魂は、はっと我に返った。

「あっ、オレ、死んだんだ」

「もう、現世に戻れないんだなあ」

「そういえば、今日、一日、オレ、生きてる人に会ってない。死んだ人にだけ、オレは今日、会った」

「死んだ人だけが住んでいるのが霊界か」

いままで現世と霊界の狭間《はざま》に揺れ動いていた理郎の魂は自分の人生の厳粛なる終焉を全身で自覚した。現世との決別を意味する引導を老牧師である父の口を通して、主なる者から渡された。

「おい、理郎、起きろよ。通夜で疲れたのか、お前の通夜だよ。盛大だったよなあ。四百人近くの会葬者がいたんじゃないか」

宗薫は弟の理郎の魂を揺り起こした。

「うん、居たろうなあ」

「斎場の前列に頭の良さそうな秀才ヅラが十三人、目立ってたなあ」

「ああ、郁子の塾生なんだ」

「高三の生徒じゃないのか？　デッカい体ばっかりだったよ」

「そうだよ。高校三年生だよ」

「一ヵ月後に、センター試験を控えてる高三生だよ。よう、来てくれたなあ。オレ、感心したよ。このごろは世知辛い人間が多いと思ってたんだ。長崎人は特に温かいのかなあ。他人の死なんか屁とも思ってないと、オレ思ってたんだ」

口数の少ない宗薫は興奮気味に、珍しく、しゃべりつづけた。

「ところで、理郎、お前の棺桶、ヤケに上等だな。東京ででも、オレ、めったに見かけなかったぞ。手彫りの木彫だよな」

理郎は兄宗薫の言葉に、自慢げににっと笑って頷いた。

「理郎、明日は焼場行きだよ。オヤジも、この棺桶のそばに来てるよ。骨になる前に、ブランデーで乾杯でもしようか」

「そうだな、久々、男三人で、霊界人間同志で、酒宴でも開くか」

九十九歳の「カボチャ」フェイスは立派に成長しすぎた七十五歳と七十四歳の二人の息子たちを嬉しそうに、満足げに眺めながら、口をほころばせ、長男宗薫の提案に賛同した。

原子爆弾投下で、妻としても、母としても、家族のなかで扇の要的存在の操の死以来、生じていた、父と息子の間の軋《きし》みは、理郎が霊界入りすることによって、消え失せ、父子愛が再び、昔のように甦ってきた。

「理郎のコチラビト入会を記念して乾杯しよう」

と宗薫。宗薫は先に平三にひとつグラスを渡した。それから右手にグラスを二つ、指で挟むようにして持ち、理郎のそばにきた。左手に、ブランデーのびんの上のほうを握りしめて、宗薫の魂は理郎の横に座って、グラスのひとつを理郎に渡した。

老牧師を交えての、久しぶりの兄妹の酒宴が始まるのだ。

「ワインもいいが、オレ、ブランデーが好きだよ。お前はワインだったかな」

弟の返事を待つまでもなく、宗薫の魂は父平三と弟理郎のグラスにブランデーを注いだ。

グラス半分ほどに注がれたブランデーは、四年間のガンとの闘病生活で、人喰いバクテリアを思わせるガン細胞で食い荒らされ、痩せ細り、やっと霊界入りした弟理郎への兄として贈れる最後の愛の形であった。

理郎は父平三のグラスと兄宗薫のグラスに自分のグラスをカチと当てて、父子愛と兄妹愛の雰囲気のなかで、三人で、アルコールを楽しめる喜びと感謝の意を表わした。

ガン治療の一環として禁酒、禁煙という、日常生活の楽しみの嗜好品をすべて絶たれ、渇ききった、無味乾燥の干涸《ひから》びた理郎の胃壁のひだひだに、兄宗薫が注いだ末期のブランデーは静かに、かろやかに、ゆるやかに染みいり、潤し、理郎の魂は最高の夢心地で神の国へと旅立った。

男やもめにゃウジが湧く

# 男やもめにゃウジが湧く

長男が中学二年生で、長女が小学校四年生のときであった。教師の夫と、私より二歳年上の、やはり、教師であった夫の妹と、長男と長女の四人で夏休みを利用して、東京見物の旅行中であった。この旅行のメンバー構成からして、普通の家庭から考えると、少し異常であった。

この変則家族旅行の主な目的のひとつは、夫と夫の妹の兄である、有名な流行作家である宗薫を訪問することであったようだった。すると血縁がない嫁の私は除外ということになるのだろうか。

舅も、夫も、夫の妹も、息子も娘も、家族全員で、当時、流行作家として全盛時代の宗薫をとても自慢に思っていた。私もその一員で宗薫さんは凄いなあと感心していた。夫の妹の小姑はとくに何かにつけ、宗薫、宗薫といって自慢する癖があった。

鬼千匹と言うよりは、鬼万匹といっても過言ではないと思っていた小姑は、宗薫訪問の私を除いての、変則家族旅行のリーダーとして、意気揚々として出かけた。宗薫に会うことは妹である自分（小姑）は許されるが、血縁のないお前（私）は駄目だといわんばかりであった。

原爆死した妹だけをことのほか可愛がっていた宗薫は、性格的に、少年のころからこの妹を疎《うと》んじていたのと、また、私がこの旅行に参加してないことで、嫁の立場である私と、小姑である、二歳年下の妹との嫌な関係を察知したのか、二十数年ぶりの再会であるのに、この妹の上京をさほど喜ばなかったらしい。

宗薫はこの四人のオノボリさんたちを西瓜半分でもてなしたと後日娘から聞いた。小姑は兄宗薫の予想外の普通の歓迎に、きっと拍子抜けしたのだろう。その後、宗薫についての小姑からの自慢話は、すっかり影をひそめた。

家族とは時として、うるさいときもある。その家族が全員、夏休み旅行に出かけた。家はまったく私ひとりの天下だ。五人分の食事を準備する必要もない。後片づけもなんと簡単なことだろう。ひとりの生活もいいもんだ。無限の開放感に包まれて、これもまた「幸せ」とひとりでいることの幸福感を満喫し、朝食後、のんびりと紅茶を嗜んでいた。と電話が鳴った。

「主人は留守ですが」

と私が答えると、

「じぃちゃんが新大工町の市場へんば、よろよろ歩いとったですよ」

夫の父平三をよく知っている夫の同僚からの電話であった。

「えらいこっちゃ」

私のハッピィロンリネスは破られた。

「また、ガンの悪うなったとばいね」

「じぃちゃん、いまわたしひとりしからおらんとよ。どげんすうか」

私はぶつぶつ、ひとりごとをいいながら、意外と、てきぱきと行動に移した。

一回目の入院のときの平三の主治医との入院交渉。西山町にある舅の家から病院までの平三の移動。救急車などなかった時代のこと。夫も、夫の妹も不在だったので、私は私の姉の力を借りねばならなかった。

やっとのことで病室のベッドに舅平三を寝かせて、私はほっと一息ついた。

朦朧とした意識で、ベッドに横たわっている、老いた平三に私は話しかけた。

「じぃちゃんはよっぽど子ども運というか、子どもからの愛の薄かとね。オクサン愛にも恵まれとらんとね。じぃちゃん、かわいそか」

「一回目の入院も、私ひとりやったね。あんときは、じぃちゃんは、ちゃんと歩けたけん、手はかからんやったばってん、今度は大変やったよ。じぃちゃんの家からタクシーまで私と姉で、じぃちゃんの肩ば抱きかかえて、運ぼうとしとったら、タクシーの運転手さんが見かねて、ひとりでじいちゃんば運んでやんなったと。ありがたかったね」

私の語りかける言葉に、無反応で、眠りつづけている舅が何とも哀れであった。上顎ガンは、だいぶ進行していると私は思った。

と、そのとき、どこからともなく「ニオイ」がするのだ。それも異《い》な臭だ。決して、病院独特の薬品の臭ではなかった。主治医に診察してもらうには何とも恥ずかしい臭だった。私は臭の源を探し始めた。鼻をひくひくさせて探した。舅の下腹部あたりからであった。

舅の古びた浴衣の前身頃をはぐると、ゴムがのびたパンツが大腿部まで下がり、臭の根源が顔を出した。強烈な臭気が私の鼻をついた。真夏の暑さで、すえた臭いであった。

「ドウェッ。こりゃまた、何ぢゃ」

目がテンになるとはこのことか。

舅のチンが薄れた頭髪と同色の灰色の恥毛の中で、白濁色の、ヌルッと腐れたソーセージのように、ぐにゃと潰れて、ウジに似たものの中にチン坐していた。嗅覚も腰抜かす臭が病室に満ちた。

A型でキレイ好きな私は、自分の毛髪が逆立つのを感じた。なんと汚くて、不潔な状況。舅のパンツを脱がせた恥じらいも何もふっ飛んだ。私は念のため、クレゾールの小びんを持参していた。これは私の母が結核で長い療養生活をしていた間、見舞いに行くたびに、自己流の消毒法として、さまざまな用途のため、必要なものだった。

さあ、このクレゾールの出番。舅が入院していた病院はいつでも、たっぷり、自由に、熱湯が使えた。私の額からは汗は出っぱなしだった。しかしその汗など気にする段階ではなかった。とにかく、主治医の診察前に舅の臭の発生箇所を清潔にしなくては。

多めにクレゾールを入れた熱い湯で、舅の下腹部、とくにチンの周囲を拭くと言うよりは、掃除をし始めた。羞恥心など、もう、すっかり、私からは消えていた。この臭いの源を取り除くことに専念した。ただ清潔にすることだけで頭はいっぱいであった。チンのシワを伸ばしては拭き、伸ばしては拭いた。熱湯は三回もかえた。四十分ぐらいで、舅平三のシリ掃除は完了した。私の両手の指は十本とも、熱湯とクレゾールの刺激で赤く腫れた。しかし立派に掃除しあげた満足感はあった。平三は相変わらず眠り続けていた。

舅平三はたしかに男ヤモメではなかった。病弱ではあるが、後妻がいた。が、入院するときの平三のチンのあたりには、ウジが湧いたように、くさく汚れていた。フンも肛門のまわりには、こびりついていた。

平三は決して、寝たきりの老人ではなかった。偏食がちの後妻の食事のため、お手伝いさんに頼まず、自分で歩いて十分ぐらいの市場まで、後妻の好きなおかずを買いに、ときどき出かけていた。だから、平三は、お手伝いさんの手を借りなくても、自分ひとりで、風呂に入れた筈であるが、他人の手を借りると、なお、安心して、平三は風呂に入れたはずだったが。

昭和二十年八月九日に、原子爆弾投下で、妻子を失くし、自分自身も被爆したことで、それまで平穏であった平三の人生は一変した。

四国の裕福な家庭で育ち、平三の中学教師としての少ない給料で、五人の子どもを含む七人の大家族の生活費を、静かにやりくりし、人に与えることの喜びを感じる、生まれながらのクリスチャンであった妻操に扇の要的存在の家庭生活に慣れていた平三は、再婚した妻の毎日の不平不満に慌てた。もう成年に達していた長男宗薫も、次男理郎も、長女も、平三の手元から離れていった。平三はまったくの孤独に陥った。

原子爆弾投下のほぼ中心地で被爆した平三は、その年は表面上な無病に見えたが、翌年は貧血、脱毛、失神をくりかえし、病院通いをつづけたが、決定的な治療法はなかった。その後、表面上は一応、元気を取りもどしたかに見えたが、被爆による放射性物質の悪玉菌は、平三の体内で生きつづけていた。体力が衰えた七十歳で、平三は上顎ガンに襲われた。

「ノーモア・上顎ガン」

もむなしく、平三は七十三歳で、ガンが再発し、二度目の入院をせねばならなくなった。

上顎ガンで二度目の入院をするまでは、平三は長男宗薫からの送金と自分たち夫婦の年金で、共稼ぎの私たち夫婦よりも、悠々と、リッチに、後妻と二人で西山町の借家で余生を送っていた。

ただ、後妻はこの借家が不服であった。長男宗薫は銀座で、グラス一杯一万円のウイスキーを飲むのに、なぜ、自分たちに家を購入してくれないのかと愚痴る。

次男の理郎夫婦は、共稼ぎとはいえ、自分たちの新居のローンの支払い、二人の子供たちの養育費などで、舅夫婦に建築資金の援助をする余裕はなかった。これもまた、後妻の不満の種であった。

自分のために、家を作ってくれる経済力のない夫平三は、上顎ガンで死に近づきつつある。流行作家である長男宗薫に、親のために家を建てさせる親ぢからのない夫に、後妻はもはや全然魅力を失ってしまったのだろう。

この後妻の夫平三に対する薄れた愛情の結果が、入院の際の平三のあの悪臭につながったのだろう。後妻は夫の入院中に、夫を見舞うことなく、田舎に住む実妹の家に転居してしまったのだった。

八月に入院して以来、四ヵ月間、舅平三は眠りつづけた。妻操の原爆死のあとのさまざまな出来事、とくに後妻の世話で疲れはてたのか、くる日も、くる日も眠りつづけた。眠りつづけることが平三にとっては幸せだったのかもしれない。言葉通りの植物人間の状態がつづいた。

平三の両手は、植物人間であっても、かたく常に胸の上で組まれていた。牧師の神に救いを求め、祈る姿であった。点滴でのみの栄養補給であった。四ヵ月間の深い昏睡状態から奇跡的に平三は眠りを覚ました。十二月中旬の寒い日の午後、平三の意識は回復した。

「こんなことも起こりうるのか」

植物人間から普通の人間に平三は戻った。記憶も正常であった。平三は牧師だったから、キリストの復活に似て、奇跡が起きたのだと私は思った。

クリスマス近く、平三は我が家に一時的ではあるが、退院が許可された。

平三と私の二人での昼食後、私は平三に普通に話しかけた。

「じぃちゃん、じぃちゃんの入院中の面倒ばみてくれなった、あの通いのお手伝いさんの手当ては、皆、宗薫さんが出してくれなったとよ。お礼の電話ば、後でしとってね」

平三は壁にもたれ、炬燵に両足を入れたまま、食後の熱いお茶をゆっくりと飲みながら穏やかな口調で答えた。

「うん。ムネシゲがお金は出してくれたが、ワシの命ば救ってくれたのは郁子だよな」

私は予想もしない平三の返事に驚いた。あれほど、流行作家である長男宗薫を自慢していた平三が。宗薫が取材で、長崎を訪れたとき宗薫からのお下がりの、いや、お上りの、古着ではあるが、上等そうに見える、ネイビィ色のオーバーを嬉しそうに着て、親のあとをついてまわる幼児のように、宗薫の後について回り、その後の平三の誇らしげなソークン自慢話をする姿は、平三の幸せそのものであった。

平三の急変ぶりは、何がきっかけで起きたのだろうか。上顎ガンで二度目の入院をし、植物人間から四ヵ月かかって、復活し、退院後、平三の口から二度と、長男宗薫についての自慢話は聞くことはなかった。

四ヵ月前の八月の暑い夏の日、一度目につづいて、二度目の入院も、自分に付き添ってくれたのは、病弱とはいえ、後妻でもなく、娘でもなく、もちろん、二人の息子たちでもなく、次男の嫁である私であることが、平三にはとても淋しく、深い、暗い穴の中にひとりでいる孤独感であったのだ。

八月に入院した日、クレゾール入りの熱い湯でのチン、シリ掃除の際のピリピリ、ヒリヒリの皮膚の痛みを薄い意識の下で感じながら、自分の恥部の汚れを誰が落としてくれているのかを平三は感知していたのだろう。

夫と同様、中学校の教諭をしていた私が留守のあいだ、舅平三は生後四十日から孫を自分の家で、五歳まで預かってくれた。血縁とは不思議なもので、長男は平三に抱かれると、平三の胸をまさぐることはあっても、後妻の胸には手ものばさなかった。

祖父平三にとても懐《なつ》いていた長男が、中学二年生になって、医学の道に進みたいというと、平三は眼鏡の奥で目を細めて喜んだ。

「じぃちゃん、コロ、じぃちゃんに吠えんね」

柴犬のコロは、自分が番犬であることを自覚していて、知らない人が玄関に立つと、ドスのきいた低音でよく吠えた。しかし平三には最初から、しっぽを振って、決して、吠えようとはしなかった。

「コロは、じぃちゃんがボクたちのじぃちゃんだってわかってるんだよ」

「コロはじぃちゃんば好いとっとよ」

十二月に一時退院して再入院までの二ヵ月間、二人の孫との会話で、平三の顔は一日中、笑顔が絶えなかった。

雪が降る二月ごろになると、平三はめっきり庭にも出なくなった。一日中炬燵の中から出ようとしなくなった。病状も悪化してきているようだった。

平三は失禁するようになった。夕食中に「フン」を出すこともあった。晩御飯の途中に、夫の肩をかりて、平三を風呂場まで連れていき、胃が丈夫であったことが幸いであったが、舅の巨大な塊のフンを洗い流すこともあった。

平三はもう家庭での生活は無理になっていた。意識も、だいぶ、まばらになってきていた。

平三はまた、病院のベッドに戻っていった。再び、平三は植物人間になった。が、あちらの国に旅立つ一ヵ月前の七月に半日ぐらい意識が戻ったことがあった。病院に泊まりこんで、平三の世話をしてくれていた七十代だが元気なお手伝いさんが、私が平三の病室のドアを開けると、私を待ちかねていたかのように、私にすぐ話しかけた。

「オクさん、オクさん、おじいちゃんは、意識が亡くなる前に、さきほどのことですが、『イッコー、イッコー』とオクさんのお名前を二度も呼ばれたんですよ。東京の大作家先生のお名前（宗薫）も、校長先生のお名前（夫）も、女先生のお名前（夫の妹）も、全然呼ばれなかったんですよ」

付き添いのばあちゃんはとても不思議そうな顔をして、頭の中はクエスチョン・マークで一杯にして、私に言った。ばあちゃんの目は、その答を私に求めていた。

昭和二十年八月九日の原爆投下で最愛の妻と二人の娘を失くすまでは、平三は、ごく普通の、一般的に考えられている牧師であった。

平三は神の愛を絶対的に信じ、その愛を教会では信者に、学校では生徒に熱心に説いた。

献身的で、熱心なクリスチャンである妻操に支えられて、平三は職場でも家庭内でも幸せだった。家族の絆も操を中心に深く結びついていた。長男と次男は文学的素養のある母操を尊敬するだけでなく、深く愛し、慕っていた。母親の献身的な子どもへの愛情を二人の息子たちはしっかりと受けとめていた。

操とみどりとかおるが原爆死し、その後、平三が再婚したことで、家族の絆はプツンと音をたてて崩れた。

裕福な商家に生まれ、聖処女のような我欲のない操と対照的な性格の後妻と平三が再婚したことは、平三が望んだ戦後再出発をこめてのことだったが、家族愛の再構築は失敗に終わった。

平三は、旅立ち前の最後の言葉である「イッコー」のあとに何といいたかったのか、私は知りたいと思った。

「バァちゃん、じぃちゃんは私の名前ば呼んだあと、何ば言いたかったと思う」

バァちゃんお手伝いさんは平三がなぜ子どもたちの名前を呼ばずに、「イッコー」と呼んだかを知りたいと思っていたのに、私の思わぬ質問に戸惑ったようだった。

「そりゃあ『ありがとう』といいたかったんじゃあないですか」

「……」

「いざいうときは、やっぱり頼りになるのはオクさんですからね。じぃちゃんは本能的に血縁関係よりも、いちばん、頼りになる人は誰か、心の目で見抜いていなさったとですよ」

「そしてオクさんだけですよ。じぃちゃんばよう見舞いに来なさっとは。意識はあんまりなかごたっても、わかんなさっとですよ。じぃちゃんはオクさんに、やっぱり感謝したかったとですよ」

平三は、さきほど、ほんの少しの間だけ、意識が回復した。平三は薄目を開けて、天井から目を落として、首をゆっくりと、左、右と回した。ベッドの周囲を見回した。後妻もいない。息子たちもいない。娘もいない。嫁も今日はまだ来ていないのか。隣のベッドの患者も目を閉じている。昼食の時間なのか、廊下で複数の足音はするが、病室は静かだ。

「じぃちゃん、気がついてよかったね」

と言葉をかけてくれる者もいない。

「しっかりせんばね」

平三の手をしっかり握って、平三の回復の喜びを態度で表してくれる者もいない。

平三は自分の意志で目を閉じ、回想した。

「ああ、これがワシの人生なのだ」

「ああ、無情の中で、ワシは人生の終わりを迎えるのか」

「イッコー。イッコー」

七十五歳で死に臨んで、無償の愛で育てた三人の子どもたちの名前をひとりとして呼ばず、「イッコー」と最後の力をふり絞るようにしてつぶやいた舅平三の心の奥底に巣くっていた親としての虚無感、寂寥感、胸をえぐりとられるほどの悲しさが平三の体全体を包んでいた。

平三は昭和五十年八月に、原爆死した妻操、娘みどりとかおるが優しく手を伸ばして、待っている天なる国に旅立った。

呼吸が止まっている老いた平三の目尻から一粒の涙が、静かにぽつりと流れおちた。

それは原子爆弾で家族を奪われ、老いた被爆者の涙でもあった。

涙した墓

Our hope for peace
Please, listen to us.
We want only peace, not wars

# 涙した墓

昭和五十六年以来、平三と操は、唯ひとりの墓参をずっと待っていた。ひょっとして、今年こそはと二人は、また、期待を新にした。

桜の開花があちこちで囁《ささや》かれる季節になった。刺《とげ》がすっかり消えたバラの老木のように角のとれた、老いた二人の穏やかな魂は、寂しい微笑をそっと顔の片隅に浮かべ、やはり、意中の人の訪れを心待ちし、少しだけ胸を膨らませた。

急な斜面にある段々墓地の下から三段目に、平三と操が眠っている墓はある。

樹齢が判別しがたいほどの歳月を経て、酸《す》いも甘いも十二分に経験してきたように堂々と大地に根を張っている。多くの老木は風は吹いてなくとも、そよそよとした涼風感を与える若木の緑を背景にある。

二人の魂は、曲がりかけた背を伸ばし、ときには額に右手をかざして、人通りのまばらな小道を見おろして、来ることのない待ち人を、きょうも心待ちにしているのだ。

四月末の雨に濡れ、下向きかげんの桜の花びらの端から落ちる真珠玉の滴の美しさ、哀しさ。その桜の花も前夜来の雨で、春雷とともに散ってしまった。

本河内町《ほんごうちまち》の水源地から、オーバーフローする水が流れ込む川が墓地の側を流れている。むかし、桜の名所のひとつであったカルルスがあったなあ。花見を兼ねて、家族全員で、ピクニックをしたなあ。みどりは二人の兄たちに手を引かれて、はしゃいでいたなあ。

平三と操はむかしを懐かしみながら川の流れをながめるともなく川面《かわも》に目を移した。

ひょっとして花見の季節には、長男もここに来てくれるかもしれない、来てほしいとの希望を托した桜の花びらは一枚、二枚、ときには十枚、二十枚とひと塊になって、流れ、流れの速さに沿ってゆっくりと静かに、そしてときとして、渦を巻くようにして、岩間を走り流れ去っていった。

二人の顔に去来する「あきらめ」の表情が、見る人の同情をさそった。

葉桜がその蔭を川面に映しはじめた。春がすっかり終わり、初夏の涼風が人々の肌を心地よく通り抜ける頃になったが……。

「ムネ兄ちゃんは今年も来ないね」

ムネシゲにとくに可愛がられたみどりも、やはり、兄の墓参を待っていたのか。

「毎年、墓参してくれっていってるんじゃないよね」

もの柔らかな操の魂は夫平三の同意を求めるように、夫の顔をうかがいつつ、やっと聞きとれるほどの小さい声で言った。

「うん……」

昭和二十年八月九日に原爆死した平三の妻操、娘みどりとかおるの三人は、広島市安津郡にある、明治時代からある川上家先祖代々の墓地に、昭和五十六年まで三十六年間、誰からも墓参されることもなく、ひっそりと住み続けたのであった。

途中、昭和五十年に、平三が墓の中の住人に加わった。平三の死後六年して、遂に平三の次男ミチオが一念発起して、この長崎市の蛍茶屋《ほたるぢゃや》に、平三、操、みどり、かおるのために新しく墓碑を建立してくれた。操、みどり、かおるの三人は特に喜んだ。待ちに待った長崎に帰れたのだから。

原子爆弾が投下され、長崎市の悲劇の幕開けとなったあの昭和二十年八月九日の朝まで、松山町の豊かな樹々の間で、朝早くから、いっせいに合唱しはじめた蝉の声は、平三一家の目覚まし時計そのものになっていた。

朝の七時前、もう少しだけの睡眠を願う平三にはこの蝉の目覚まし時計は、うるさく聞こえるときもあった。夏の朝の涼風を求めて、開けっぱなしにしていた窓を閉めながら、

「もう少し、寝せてくれ、眠いんだ」

と蝉に向かって不平をいった、三十数年も前のことを平三の魂は、鮮やかに思い出した。

操は夏の朝は宗薫と理郎の部屋の窓を全部開けっぱなしにして、豪快に輪唱を続ける蝉たちに二人の息子の目覚まし時計役を担ってもらったあのころを懐かしんだ。あのころの長男は実にいい子だったなあ。優しくて、温厚だったし、頭も良かったしと、つぎつぎと長男の長所が操の魂を幸せにした。家の手伝いはしなかったが、申し分のない子供だったなあ。あの私の秘蔵っ子

だった長男はどうして、私の死後、一度も墓参にきてくれないのだろう。操はふっと悲しくなった。

三十六年前まで、松山町で聞いた、あの活気にあふれた、元気いっぱいの蝉の声と変わらず、この蛍茶屋の墓地の裏山で鳴くエネルギッシュな蝉の声に、平三と操の魂も少しずつリフレッシュしてきた。

「セッー、セー、セー」

いつ聞いても元気が出るなあ。

夕方の涼しさに誘われて、墓地の側を流れる、もともと狭い川の流れを二分している大きな一枚岩の上で、体の割には大きな声で、蛙が墓地に向かって、低音で歌い始めた。

「ゲロッ、ゲロッ、ゲロッロッ、ロッ。ヘイゾー泣くなよ、男じゃないか。ゲロッ、ロッ、ロッ。ミサオも泣くなよ、ゲロッ、ロッ、ロッ。子供は親ほどゲロッロッ、ロッ。オイラと歌えば楽しいよ。ゲロッ」

あの原子爆弾が投下された日の昼のような真夏のギラギラした太陽も、何となく地表から遠くなった感じ。肌を撫《な》でてゆく風も秋を感じさせるものがあった。

ミンミン蝉の声も、ツクツクボウシの声に変わった。

真青な雲ひとつない秋晴れ。墓場の裏山の緑も青空に映えて一段と美しい。十月七日、八日、九日の諏訪神社のお宮日《くんち》がやってきた。

この長崎のお宮日は全国で三大祭りのひとつといわれているほどだから、ムネシゲも、ひょっとしたら、今年くらいは、長崎に帰ってくるかもと平三と操は、ひそかに期待した。しかし、二人はその期待を自分たちで淋しく打ち消した。

朝早くから、蛍茶屋の墓地まで聞こえる諏訪大社のお宮日のシャギリの音も、「もってこい」の掛け声も、平三たちの胸には、妙にもの悲しく響いた。

秋も過ぎてしまった。墓場を枯れ葉がカラカラと音をたてて、風に舞う季節になってもやはり、平三たちの待ち人は長崎を訪れることはなかった。十二月の初雪がふわふわと降りかかり、そっと溶けてゆく墓碑を眺めて、

「あー、今年も、とうとう、ムネシゲは来なかったなあ」

と平三は薄くなった白髪を北風に晒《さら》しながら、しんみりと、傍に細く立っている操に語りかけるのだった。

それでもつぎの年の桜の花の蕾のふっくらとした姿を見ては、今春こそと希望をふくらませ、墓地の裏の森の蝉の合唱を聞いては、この夏こそと心を躍らせ、秋晴れの青空を見上げては今秋こそと、平三はその夢をつないだ。その期待が実現することはないと、悲しく悟ってはいるのだが、やはり、待ち人の訪れを待つのであった。

「親って、悲しいね。淋しいね。子どもから振り向いてもらわないって。言葉に言い表わせないほど悲しいもんだよな」

老いた平三の独り言は、墓地の静寂な霊気の中に、淋し吸いこまれていった。

「ムネシゲ、年に一度来てくれっていっているんじゃないよ。三年に一回でも、墓参に来てくれてもいいんじゃないか。死んだ親のささやかな我がままではないか」

平三はひと息ついて、相手に届くはずもない心のうちを、息子に向けて話しつづけた。

「そりゃあ、ムネシゲ、ワシは死ぬ前の二、三年間は、金銭的に多少世話になったよ。ありがたいと感謝してるよ。でもな、ワシも操も、お前に会いたいんだよ」

「とくに操は、な、お前の流行作家としての成長ぶりを知らないで、死んだんだよ。お前が二十一歳のときに原爆死したんだからな」

「操の子どもに会いたいと願う気持ちを汲みとって、理解してくれてもいいんじゃないか。お前が忙しいことは分かってるよ。たった一度でいいんだよ。お前の、出世した姿をママ（操）に見せてやれよ。もちろん、ワシもお前に会いたいよ」

「お前の作家としての質は、ママから受け継いだのではないかな。ママは昭和十年ごろの婦人雑誌に投稿しては賞金をもらっていたよ」

まるで目の前に座っているムネシゲに話しかけているような平三の切々たる心の叫びを操はじっと聞き入っていた。

すると、突然、操は大きな声で、平三、みどり、かおるに同意を求めるように話しかけた。

「ほら、みんな、思い出して。ムネシゲはむかしから、後を振りむかない子どもだったじゃない。九大の学生時代、休暇が終わって、福岡へ帰ってゆく日、玄関前に立って、見送っている私たちを何度も何度も、振り返って、手を振っていたミチオに対して、ムネシゲは玄関を一歩外に踏み出したら最後、全然、後を振り向くことはしなかったでしょ」

「ムネシゲはいつも夢を追い求め、いつも前進することに、生き甲斐を感じてたのよ。ムネシゲの夢が何だったか、私にはわからなかったけど、夢の実現のためには、過去など煩わしいことは捨て去る子どもだったのよ」

操は淋しさを払いのけるかのように、ムネシゲの墓参しないことを、母親として、受けとめていた。

「パパ、ママ、ナゲカナイ、ナゲカナイ。老人は思い出に生きるドーブツといわれるよ」

みどりは両親の悲しさを払いのけた。

平三は「岩壁の母」のメロディを口ずさんだ。

演歌とはほど遠い生活をしてきた平三だったが。何となく身につまされるものを体感した。

「オレは、さしづめ、岩壁の母ならぬ、墓場のヂヂイか。でもワシは戦争で、遠い外地に出征し、生還は絶望視されている息子を待っているのではない。長崎から飛行機で一時間半の所に住んでいる、生きている息子を待っているのだ。ワシはもうヂヂイだから、千の風になって、あちこちを飛び回る元気は、全然ない。でもワシにもできることがあるかも……」

平三は決心した。

妻と二人の娘は原子爆弾で、あの日、即死したのだ。ワシ自身も原子爆弾の放射能の影響で、上顎ガンにかかり、死んだのだ。つまり、ワシの家族は皆、原子爆弾の被害者なのだ。そして、この墓地の地底で、親子四人過ごすことになったのだ。この墓地内にも、被爆死した者もいるはずだ。この墓地から、幽《かすか》ではあるが、平和活動をしようと。

平三は「平和の願い」というタイトルで作詞をした。作曲もした。ワシは音楽教師だったのだから。

Our Hope for Peace
Please, listen to us.
We want only peace, not wars.
We want no more Atomic Bombs.
We want no more Nuclear Weapons.
We want the world to be free from wars.
Let's begin to do what we can do to protect our city,
our nation and the world.

蛍茶屋に電車の終点から左側にある旧道を墓地に向かって歩くと、混声合唱の、まろやかで、この世のものとも思えぬ妙なるメロディが、魂の存在を信じる人の耳にのみ、響いてくる。その人間の臭味《くさみ》が抜けた、清らかで、澄んだ、美しい歌声は、それを聞く人の心を、そして墓地住人の魂を引きつける。

牧師らしい、黒っぽい背広に身を包んだ平三が、妻操の弾くオルガンの音色に合わせて、骨ばった右手でタクトを振っている。訪れることのない待ち人を望む、悲しげな表情は、平三の顔にも操の顔にもない。平三の指揮棒には、昔平三の音楽教師としての専門的な動きを彷仏させるものがあった。

原子爆弾の直撃を受けて、松山町で木っ端みじんに焼け、飛び散ったはずのオルガンがこの墓場にあるのだ。古ぼけてはいるが、正確な音を出している。操がひくと、その心が音色に、にじみ出て、さらに清らかなものに昇華されるのであった。

平三が作曲した「平和の願い」の曲は、死が根底にあるので、どこか、もの悲しい響がある。この音色にはピアノよりもオルガンのほうが望ましいと平三は感じている。

天気が良い日には、誰が誘うでもなく、広い庭のある、由緒ある塩原家の墓地に、この墓地の住人の「タマシイグンダン」が集まる。

その日も、コーラスの練習で、腹から声を出し、すっかり咽《のど》が渇いた「タマシイグンダン」は午後のティータイムを楽しんでいた。

「まあ、このお紅茶のおいしいこと」

塩原夫人がオシャベリタイムのトップを切った。塩原夫人は「ビューティさま」と仇名がついているだけあって、魂になっても、若いときの美貌《びぼう》を偲ばせる。色白の日本人離れした顔立ちに、魂になった人たちだけが持つ霊的な美が加わり、墓地のマドンナ的存在である。

ビューティさまは自分が入れた紅茶を堪《たん》能し、次にクッキーに手を伸ばした。

「まあ、このクッキーも、とてもお品《ひん》のいいお味がして、おいしゅうございますよ。川上のおばあちゃまは、お料理だけでなく、お菓子作りもすぐれていらっしゃいますのね」

塩原夫人の品格ある言葉づかいは、幻想的な墓地に反響して、美しくこだまする。

「さあ、さあ、皆さま。ごいっしょにいただきましょうよ」

庭の築山を摸して作ったような、珍しくて、高級感のする墓地に塩原夫人の住いがある。

その門を入ると、右側の崖から、細い滝のように、水が流れ落ち、雨の翌日は普段より水量が増し、風流の度合いも濃くなる。滝の下には、自然にできたと思われる、小型の滝つぼのような水溜りがある。一年を通して、ほとんど満水で、墓地の住人の渇きを潤すのにひと役買っている。塩原夫人が入れてくれる紅茶がおいしいのは、この天然水を利用しているからかもしれない。

塩原夫人ととくに仲が良い野中夫人が、平三に、ひょんな問いかけをした。

「ねえ、川上のおじいちゃま、ソークンさんて、おじいちゃまのご子息さまでらっしゃいますか。ずっとお尋ねしたいと思ってたことなんですが」

平三はひと呼吸おいて答えた。

「うん。そうだけど」

「へえ‼ やっぱり、うわさどおりだったんですな。あの有名な、天下のソークンさんのお父さままでらっしゃいますか。そんなお方がこの墓地にいらっしゃるとは、光栄ですな、嬉しいことですな」

野中夫人の夫は、頭髪が薄くなっている頭を下げて、平三に敬意を表した。

「でもソークンさんは、とても、お忙しいんでしょうね、川上家の方々が、ここにおいでになってから、一度もこの墓地にお見えになんなさらんとですもんね」

平三は、自分の胸のうちを、全部、見すかされたようで、ドキっとした。

紅茶を半分以上飲んで、すっかり、オシャベリの準備ができていた。これまた、ハンサムなマドンナ夫人の夫が、平三が答に躊躇している間《ま》を埋めた。

「我々、男性は若いとき、いやいや、年をとってからも、ソークンさんの小説ば、よう読みましたよ。毎週、毎週、週刊誌の発売が待たれましたよ。生きる楽しみのひとつでしたなあ。野中さんはどうでしたか」

野中氏が塩原氏の後を受け継いだ。

「そりゃあ、僕だって、人後に落ちずでしたよ。電車の中で、ソークンさんとば読んどっとば、人から見らるっと、ちょこっと、恥ずかしかったばってんですな。おもしろかけん、よう読みましたばい」

「そうでしたなあ。週刊誌ば買うとは、ソークンさんとば読みたかったですけんね」

「ソークンさんの人気は根強くて、いまもなお週刊誌に連載されてるそうですね」

野中夫人が男性二人の会話に参加した。

平三の頬は、とろけるように綻《ほころ》びた。平三も、操も、非常に誇りに思っている自慢の息子が、この墓場でさえも、他の話題を押しのけて、墓地住人の間で、有名になっていることに満足した。

この段々墓地のずっと上の段の、タマシイグンダンのひとりが話に割り込んできた。

「オレたちも、平三さんのご長男さんに、会いたかですな。ご長男さんが、ひょっとしてここに、おいでになったら、川上のおじいちゃま、ぜひ、紹介してほしかですね。有名人を知人に持つことは、名誉なことですけんね」

平三は嬉しそうに「うん」と頭で合図した。

親は何歳になろうとも親である。息子を賞めちぎられて、平三は有頂天になっていた。

「あれだけ書きまくりなさるんだから、稼ぎまくってらっしゃるでしょうな」

「そりゃあそうでしょうな。エロ御殿が、二つ、三つ、建ってるでしょうな」

坂の上の段の住人が、話に割りこんできたことで、急に現世の生臭さ《なまぐさ》が周囲に漂い始めた。

「じいちゃまが、生きとんなさるとしたら、ソークンさんの財産はどげんなっとですか」

誰もが興味はあっても、遠慮があって、なかなか質問できず、控えていた点であった。

「そりゃあ、ワシにも、ソークンの財産を相続する権利はありますばい。ソークンは、ワシの長男だからですな」

しかし、父親だからといっても、いくら相続の権利があるといっても、ソークンより早く死んだら、おしまい。平三の財産相続の権利も、平三の死とともに消滅してしまったのだ。

そして、実際、ソークンの死後、その財産の万分の一の線香代としてさえ、父親である平三の墓前に供えられることはなかった。

昭和六十年の春、桜の花を見あげていた平三と操に、ソークンがガンの末期であることを墓地の住人が知らせた。

「元気だったときでさえ、一度も、この墓地に足を運ぶことはなかったんだから、もう、絶対に、ムネシゲは私達のところを訪れることはないよね」

操は平三に念をおした。

「ほら、誰かの歌にもあるじゃないか。

〈人生いろいろ、男もいろいろ〉

だから、ワシたちの子どももいろいろだよ」

平三は操をなぐさめた。

「ミチ兄ちゃんだけでも、私たちの世話をしてくれて、良かったねえ、パパ」

みどりは淋しげな顔をしている両親を何とか、なごませようとした。

「私たち、魂になってしまって、生きている人たちの心の中にだけ存在している者は、自分の意志や、意図を、声に出して伝えることは出来ないのよね」

「そうよね」

操はみどりの意見に同意した。

「オレたち、タマシイグンダンの声は、オレたち魂の声に耳を傾けてくれる、広くて、優しい心を持った人達にだけ届くんだよな」

平三は独りごとをもらした。

官能文学者として、一世を風靡し、その名を日本じゅうに広め、稼ぎまくり、長者番付に名を連ねることもあった平三の長男は、父平三の死後十年して、昭和六十年に六十一歳で小田急線沿いにある霊園の住人になった。

平三の次男は、複数のガンを患いながらも、両親、妹たちの霊に守られ、兄の死後十四年して、七十四歳で、蛍茶屋の墓地の仲間入りをした。このことで、昭和二十年八月九日の朝までの平和な、のどかな川上家が、この墓場で復活したのだった。


（了）